Cleuton Sampaio

Data Science para Profissionais
Utilizando R

Cleuton Sampaio

Data Science para Profissionais
Utilizando R

Data Science para Profissionais – Utilizando R

Copyright© Editora Ciência Moderna Ltda., 2018

Todos os direitos para a língua portuguesa reservados pela EDITORA CIÊNCIA MODERNA LTDA.

De acordo com a Lei 9.610, de 19/2/1998, nenhuma parte deste livro poderá ser reproduzida, transmitida e gravada, por qualquer meio eletrônico, mecânico, por fotocópia e outros, sem a prévia autorização, por escrito, da Editora.

Editor: Paulo André P. Marques
Produção Editorial: Dilene Sandes Pessanha
Capa: Daniel Jara
Diagramação: Daniel Jara
Copidesque: Equipe Ciência Moderna

Várias **Marcas Registradas** aparecem no decorrer deste livro. Mais do que simplesmente listar esses nomes e informar quem possui seus direitos de exploração, ou ainda imprimir os logotipos das mesmas, o editor declara estar utilizando tais nomes apenas para fins editoriais, em benefício exclusivo do dono da Marca Registrada, sem intenção de infringir as regras de sua utilização. Qualquer semelhança em nomes próprios e acontecimentos será mera coincidência.

FICHA CATALOGRÁFICA

MELO Junior, Cleuton Sampaio de.

Data Science para Profissionais – Utilizando R

Rio de Janeiro: Editora Ciência Moderna Ltda., 2018.

1. Informática
I — Título

ISBN: 978-85-399-1008-3   CDD 001.642

Editora Ciência Moderna Ltda.
R. Alice Figueiredo, 46 – Riachuelo
Rio de Janeiro, RJ – Brasil   CEP: 20.950-150
Tel: (21) 2201-6662/ Fax: (21) 2201-6896
E-MAIL: LCM@LCM.COM.BR
WWW.LCM.COM.BR

The price of light is less than the cost of darkness.
(O preço da luz é menor que o custo da escuridão)

Arthur C. Nielsen, Market Researcher, fundador da ACNielsen

Sumário

Introdução XIII

CAPÍTULO 1
Então, o que faz um cientista de dados? 1
    1.1   Workflow de Data Science 8
    1.2   Formular o problema 8
    1.3   Obter os dados 9
    1.4   Explorar os dados 9
    1.5   Modelar os dados 10
    1.6   Comunicar o resultado 10
    1.7   Mas, só isso? 10

CAPÍTULO 2
Ambiente de desenvolvimento 13
    2.1   Jupyter Notebook 13
    2.2   Utilizando o Microsoft Azure Notebooks 15
    2.3   Utilizando o CoCalc 16
    2.4   Como utilizar um Notebook 17
    2.5   Guia rápido de Markdown 20
    2.6   Rodando seu próprio Notebook server 20
    2.7   Usando o R-Studio 22

CAPÍTULO 3
Primeiros passos em programação R 25
    3.1   Visualizando os exemplos 25
    3.2   Variáveis 28
    3.3   Variáveis estatísticas 30
    3.4   Expressões 32
    3.5   Escopo 33
    3.6   Comentário 34

CAPÍTULO 4
Mas o que é Data Science? 35
    4.1   Data warehouse 36
    4.2   Business Intelligence 37
    4.3   Big Data 38
    4.4   Data Mining 38
    4.5   Data Analytics 39
    4.6   Análise Preditiva e Machine Learning 39
    4.7   As perguntas que não querem calar 39

CAPÍTULO 5
Estatística básica para detonar as conversas fiadas 43
    5.1   Tipos de dados 45
    5.2   Dados contínuos 46
    5.3   Categorias 47
    5.4   Dados ordinais 49
    5.5   Estatística descritiva 51
    5.6   População e amostra 51
    5.7   Tendência central 52
    5.8   Medidas de dispersão 55
    5.9   Calculando as medidas centrais em R 60
    5.10 Calculando as medidas de dispersão em R 63

CAPÍTULO 6
Analisando distribuições 67
    6.1   Frequências 67
    6.2   Histogramas 69
    6.3   Distribuição de probabilidades 73
    6.4   Probabilidade 74
    6.5   Modelos probabilísticos discretos 76
    6.6   Modelos probabilísticos contínuos 80
    6.7   Curtose e assimetria 85

CAPÍTULO 7
Técnicas de Data Science aplicadas 87
    7.1   O universo de técnicas de Data Science 88

7.2   Estudo de distribuições 89
7.3   Estudo de correlação 90
7.4   Análise de regressão 91
7.5   Classificação 91
7.6   Agrupamentos (cluster analysis) 92

CAPÍTULO 8
Inferência estatística.. 95
8.1   Estimar uma população com base em uma amostra 95
8.2   Tamanho da amostra e o teorema central do limite 102
8.3   Intervalo de confiança 103
8.4   Margem de erro 105
8.5   Estatística T 105
8.7   Testes de hipóteses 107
8.8   Teste de hipótese automático 117
8.9   Um exemplo de teste bilateral 118

CAPÍTULO 9
Datasets 123
9.1   Datasets não convencionais 125
9.2   Classes das colunas 126
9.3   Lidando com datas 126
9.4   Datas com formatos diferenciados 127
9.5   Lidando com nulos e lacunas nos dados 129
9.6   Manipulação de dados 131
9.7   Funções da "dplyr" 131
9.8   Funções da "tidyr" 134

CAPÍTULO 10
Regressão 139
10.1   Tipos de regressão 140
10.2   Regressão linear simples 140
10.3   Erros e resíduos 142
10.4   Resultado da regressão 142
10.5   Resíduos 143
10.6   Coeficientes 148

10.7 Erro padrão dos resíduos 149
10.8 Coeficiente de determinação 149
10.9 Significância da regressão 150
10.10 Predição 150
10.11 Restrições de regressões lineares 152
10.12 Teste de significância dos coeficientes 152
10.13 Teste de significância da regressão 152
10.14 Multicolinearidade 153
10.15 Heterocedasticidade 154
10.16 Autocorrelação dos resíduos 155
10.17 Outros testes 156
10.18 Regressão múltipla 157
10.19 Um exemplo 158
10.20 Conclusões da regressão múltipla 161
10.21 Regressão não linear 161

CAPÍTULO 11
Regressão com árvore de decisão 163
11.1 Machine Learning 163
11.2 Decision Trees 163
11.3 Gerando dados 164
11.4 Dividindo a amostra 167
11.5 Profundidade e overfitting 168
11.6 Treinando o modelo 169
11.7 Fazendo predições e comparando 171
11.8 Decision tree tridimensional 173

CAPÍTULO 12
Classificação 177
12.1 Regressão logística 178
12.2 Churn prediction 179
12.3 SVM 187
12.4 Kernel e hiperparâmetros 188
12.5 Conclusão 190

CAPÍTULO 13
Agrupamento (clusterização) **191**
   13.1   K-means.. 192
   13.2   Exemplos 193
   13.3   Exemplo real 198

CAPÍTULO 14
Deep Learning **203**
   14.1   Instalação do TensorFlow e do Keras 204
   14.2   Técnicas e configuração 204
   14.3   Artificial Neural Network.. 204
   14.4   Convolutional Neural Network 212
   14.5   Recurrent Neural Networks... 212
   14.6   TensorFlow.. 213
   14.7   Playground.. 214
   14.8   Turbo prime 215
   14.9   Usando o Estimator Framework 220
   14.10 API Keras.. 225

CAPÍTULO 15
Processamento de linguagem natural **231**
   15.1   Formato Tidy... 232
   15.2   Contagem de palavras / Tagcloud 233
   15.3   Um exemplo com feeds 238
   15.4   Análise de sentimentos 239
   15.5   Sentimentos de tweets 242

CAPÍTULO 16
Big Data.. **243**
   16.1   Caso de uso... 244
   16.2   Ambiente de Big Data 247
   16.3   Hadoop... 247
   16.4   Spark... 249
   16.5   Index / Search engines 249
   16.6   Acessórios... 249
   16.7   Experiências práticas 250

16.8 DCEP de saúde.. 250
16.9 Análise de sentimentos de Tweets 253
16.10 Usando o Spark para monitorar a qualidade do ar 255
16.11 Resumo.. 262

Introdução

Data Science é a "*hype*" do momento. Todos falam, todos estudam e todos querem trabalhar com isso. Porém, poucos sabem exatamente de que se trata ou o que faz um "Cientista de Dados".

Na verdade, o termo *Data Science* ou "Ciência de Dados" abriga um vasto conjunto de teorias, técnicas e métodos preexistentes, ou seja, tirando as técnicas avançadas de *Deep Learning* e *Big Data* nada é exatamente novo.

Quem teve oportunidade de cursar um Mestrado ou um Doutorado, certamente já fez pelo menos um trabalho de *Data Science*, pois, na maioria destes cursos, é necessário escrever uma Dissertação cuja comprovação pode exigir alguns estudos estatísticos.

As empresas usam *Data Science* há muito tempo. Quando estudam os dados de vendas e faturamento para encontrar maneiras de melhorar seu desempenho.

Os institutos de pesquisa sempre usaram *Data Science* para tirarem conclusões a respeito de seus levantamentos.

Data Science é um novo nome para "Estatística"?

Ahn... Sim e não, dependendo do seu ponto de vista. Se está observando as técnicas para correlacionar fenômenos e criar modelos preditivos, pode ser que sim, mas, se estiver processando 1 Trilhão de registros em um ambiente de *Big Data*, então certamente não é a mesma coisa.

Mas podemos dizer que "Estatística" está contida no conjunto de conhecimentos que forma esta "*hype*". Certa vez li que *Data Science* é "o casamento de Estatística com Ciência da Computação". Achei essa definição interessante, embora um pouco restritiva. Podemos acrescentar outras ciências, como: Administração, Contabilidade, Marketing e até Psicologia, na área do estudo comportamental, por exemplo.

Confundi-te? Bem essa era a intenção. É confuso mesmo! É por isso que eu não acredito nessa história de *"Data Scientist"* ou "Cientista de Dados". Não é possível que alguém domine tantas ciências e técnicas assim. Acredito que *Data Science* seja uma área de conhecimento cooperativo, na qual os profissionais de diferentes formações cooperam para atingir um resultado.

O que você precisa saber

Eu não tenho a pretensão de lhe transformar em "Cientista de Dados" com este livro. Nem de longe! Mas resumi alguns conhecimentos importantes para que você compreenda e possa trabalhar em alguma parte do vasto universo da *Data Science*. E veremos isto em um ambiente amigável, com ferramentas fáceis, como a linguagem de programação **R**.

Veremos alguns conceitos de estatística (que você certamente deve ter visto na sua Faculdade), também veremos o processo de tratamento, descoberta e predição de dados. Pretendo mostrar a você as principais ferramentas para lidar com os problemas deste tipo de trabalho, utilizando a linguagem R. Segundo a Wikipedia:

> *"R é uma linguagem e também um ambiente de desenvolvimento integrado para cálculos estatísticos e gráficos.*
>
> *Foi criada originalmente por Ross Ihaka e por Robert Gentleman no departamento de Estatística da universidade de Auckland, Nova Zelândia, e foi desenvolvido em um esforço colaborativo de pessoas em vários locais do mundo.*
>
> *O nome R provém em parte das iniciais dos criadores e também de um jogo figurado com a linguagem S (da Bell Laboratories, antiga AT&T).*
>
> *R é uma linguagem e um ambiente similar ao S - podendo ser considerado uma implementação distinta do S embora com algumas diferenças importantes. Muitos códigos escritos para o S podem ser executados inalterados no R. A implementação comercial de S é S-PLUS.*

O código fonte do R está disponível sob a licença GNU GPL e as versões binárias pré-compiladas são fornecidas para Windows, Macintosh, e muitos sistemas operacionais Unix/Linux.

R é também altamente expansível com o uso dos pacotes, que são bibliotecas para funções específicas ou áreas de estudo específicas.

Um conjunto de pacotes é incluído com a instalação de R, com muitos outros disponíveis na rede de distribuição do R (em inglês CRAN).

A linguagem R é largamente usada entre estatísticos e analistas de dados para desenvolver software de estatística e análise de dados. Pesquisas e levantamentos com profissionais da área mostram que a popularidade do R aumentou substancialmente nos últimos anos."

Ah, você não é programador? Bem, a rigor não precisa ser. Mas conhecer um pouco de lógica de programação lhe ajudará bastante, pois este livro é calcado em programação. Eu procurei ser o mais claro possível, e explico todos os conceitos e comandos do R para iniciantes, porém, talvez seja importante estudar um pouco sobre algoritmos e estruturas de dados, antes de começar.

Eu não sou estatístico, e meu conhecimento vem da academia (Mestrado) e da experiência prática com problemas de Data Science, especialmente Big Data. O que quero dizer é que estatística é um campo bem vasto e não pretendo criar um compêndio sobre o assunto, até porque não tenho tal competência. Então, não se preocupe, pois o básico de estatística que você precisa aprender estará neste livro.

Pense neste trabalho como um guia prático, e não uma obra de referência. Ele é uma introdução à ciência de dados ou Data Science, utilizando a linguagem R.

Para quem é este livro?

Sendo bem franco, escrevi esse livro tendo como público-alvo profissionais que necessitem trabalhar com análise de dados, porém, estudantes, professores e profissionais em geral (com conhecimento quantitativo) podem se beneficiar de um guia fácil e prático como este, desde que, como já salientei, conheçam um pouco sobre programação. Pode até ser em planilhas eletrônicas. A programação em si não é tão pesada, assim como a estatística.

Mas não se engane: Só o conhecimento técnico é insuficiente para que você faça um bom trabalho de *Data Science*. Sua postura de pesquisador será muito importante. O trabalho para tirar conhecimento dos dados é árduo e tem carácter investigativo. Você precisa ter curiosidade e poder de observação para obter "*insights*" importantes. E isto afeta tudo: desde a obtenção dos dados até a geração de novas informações.

Arquivos e código-fonte

Os arquivos de configuração e código-fonte de exemplo deste livro ficam no Github, no endereço: https://github.com/cleuton/datascience. Neste repositório, há uma pasta "book-R", que contém todos os exemplos deste livro.

Clone o repositório ou baixe um ZIP. Se você não conhece o Github ou não sabe usar direito, os passos são simples:

1. Em seu navegador, abra a URL (o nome do site) acima;
2. Na página inicial, haverá um botão, em cima, à direita (de fundo colorido), com o rótulo: "Clone or download". Clique sobre ele e aparecerá um pequeno diálogo;
3. Neste diálogo, clique no link "Download ZIP".

Há uma pasta "book-R", contendo os exemplos e datasets, e uma pasta específica com os datasets. Todos os materiais acessórios, como código-fonte e datasets, estão liberados sob licença Apache 2.0, ou seja, você pode usar e compartilhar (desde que faça a devida referência).

Muitos cursos e livros sobre Data Science utilizam dados padrões, como: Iris (sobre medidas de flores), mtcars (sobre automóveis) e outros. Eles já são embutidos como padrões dentro da linguagem R. Outros datasets, como MNIST (http://yann.lecun.com/exdb/mnist/) também são amplamente conhecidos. Portanto, eu quis usar dados reais, que colhi durante minhas experiências. Podem não ser perfeitos, mas são reais, assim como as conclusões tiradas a partir deles.

Seria muito mais simples usar os dados padrões e copiar o que os outros já fizeram. Muitos livros e cursos são assim. Mas eu sou diferente e gosto do desafio. Espero que você também seja assim.

CAPÍTULO 1

Então, o que faz um cientista de dados?

Atenção: → https://github.com/cleuton/datascience/tree/master/book-R

Para este exemplo, há uma planilha LibreOffice no repositório chamada "mod-preditivo.ods" (dentro da pasta "book-R").

Para mim, não existe essa profissão "Cientista de Dados". O que existe são pessoas que realizam trabalhos de mineração e análise de dados, com o objetivo de entender algum fenômeno e criar um modelo preditivo.

O que seria um modelo preditivo?

É uma fórmula ou algoritmo que, fornecidas algumas características, é capaz de gerar uma saída relacionada com elas, com base em fenômenos passados. Por exemplo, podemos criar um modelo preditivo para os pesos dos alunos de uma turma, com relação às suas alturas.

Obtendo os dados

Vamos supor que temos um grupo de crianças, nascidas no mesmo bairro e na mesma cidade, com os seguintes pesos e alturas:

Pesos	Alturas
58	1,58
78	1,8
70	1,7
80	1,8
77	1,76
74	1,73
61	1,63
65	1,65
55	1,56
76	1,79
54	1,56
53	1,51
69	1,69
67	1,67
72	1,74
58	1,6
53	1,52
55	1,57
57	1,57
66	1,67
65	1,64
50	1,5
63	1,64
58	1,56
55	1,56
63	1,62
73	1,71
80	1,83
76	1,76
40	1,75
130	1,6

Podemos estabelecer uma relação entre peso e altura? E podemos usar essa relação para prever os pesos das outras crianças da mesma região, conhecidas as suas alturas?

Explorando os dados

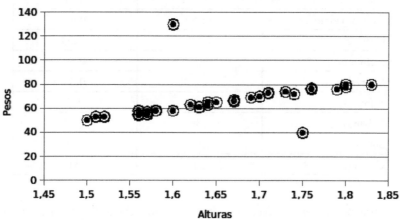

Figura 1: Gráfico

A amostra é pequena, logo, bastaria um exame visual para detectar anomalias. Porém, vamos agir como faríamos com amostras grandes. A primeira coisa a fazer é tentar "ver" esses dados.

Se tentarmos plotar um gráfico dessa amostra, veremos que há uma relação entre a altura e o peso das crianças:

A princípio, os pesos e alturas parecem estar relacionados em uma reta, logo, é um problema que caberia perfeitamente em uma solução de **Regressão Linear**. Podemos notar que há alguns pontos muito fora da tendência normal da reta: Um acima dela e outro abaixo. Vamos ver se descobrimos o motivo.

	Pesos	**Alturas**
Média	66,16	1,65
Erro padrão	2,79	0,02
Modo	55	1,56
Mediana	65	1,64
Primeiro quartil	56	1,57
Terceiro quartil	73,5	1,74
Variância	240,74	0,01
Desvio padrão	15,52	0,09
Curtose	8,92	-1,09
Inclinação	2,25	0,19
Intervalo	90	0,33
Mínimo	40	1,5
Máximo	130	1,83
Soma	2051	51,27
Contagem	31	31

Temos um desvio padrão bastante alto nos pesos, cerca de 15,6 kg e também temos uma curtose muito alta, o que pode indicar presença de *outliers*, ou pontos com grandes desvios. Para ficar ainda mais visual, podemos plotar um histograma dos pesos:

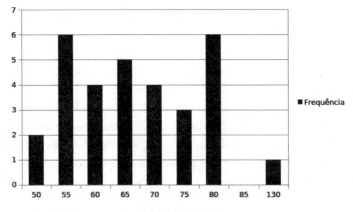

Figura 2: Histograma dos pesos

Preparando os dados

Temos um histograma multimodal, com muitos valores fora da classe da média. Isso demonstra que há valores fora da tendência normal.

Vamos estabelecer um limite de 3 desvios padrões, que seria entre 50,64 kg e 81,68 kg, e vamos listar os valores que estão fora deste intervalo:

- Peso: 50 kg, altura: 1,50 m;
- Peso: 40 kg, altura: 1,75 m;
- Peso: 130 kg, altura: 1,6 m.

É possível uma pessoa de 1,50 m pesar 50 kg, mas os outros dois pesos parecem ser valores "espúrios", ou "outliers", pois uma pessoa pesar 40 kg com 1,75 m e outra com 130 kg e 1,60 m, parecem ser anomalias. O que podemos fazer?

- Substituir os pesos dessas duas pessoas pela média dos pesos;
- Retirar essas duas pessoas da amostra.

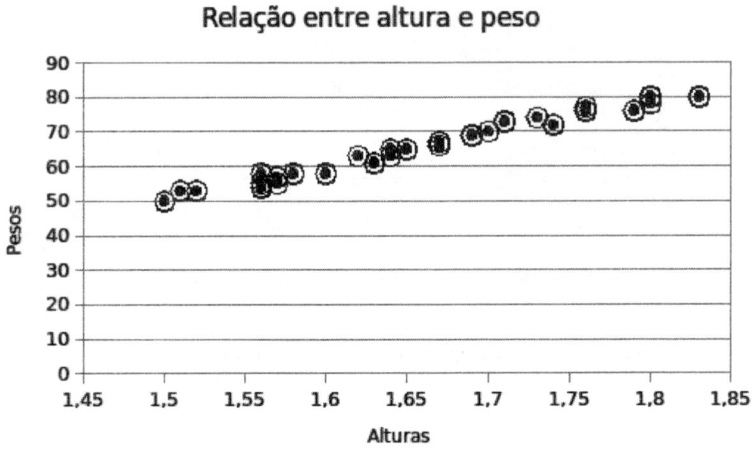

Figura 3: Dados limpos

Vamos optar por retirar essas duas pessoas da amostra e plotar novamente o gráfico das alturas x pesos:

Modelando os dados

Agora vemos que as alturas e pesos seguem uma linha, sem valores muito fora dela. Podemos, então, calcular a fórmula usando a Regressão Linear.

A fórmula de uma reta é: $y = ax + b$, onde:

- "y": Peso estimado;
- "a": Inclinação da reta (slope);
- "x": Altura informada;
- "b": Coeficiente linear (intercept).

Precisamos chegar aos valores de "a" e "b", o que pode ser feito por uma heurística de aproximação (Aprendizado de máquina), ou por uma solução de forma fechada, calculando estes parâmetros com duas fórmulas:

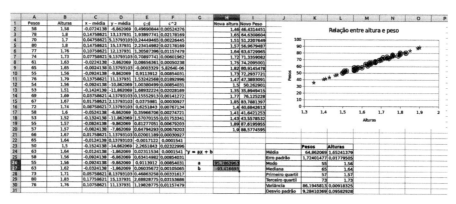

Figura 4: Planilha de exemplo com os valores de "a" e "b"

Aplicando nossas fórmulas, obtemos a equação da reta preditiva:

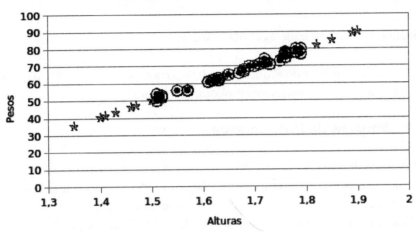

Figura 5: Regressão

(Você pode conferir isto na planilha de exemplo)

Testando o modelo

Podemos jogar mais alguns valores de teste e plotar o novo gráfico:

As estrelas são os novos valores, previstos usando o modelo, e os círculos são os valores que já tínhamos na amostra.

Avaliando o modelo

Podemos ver que eles estão na mesma reta imaginária dos outros pesos. Para saber exatamente o quanto nosso modelo é capaz de prever os pesos, podemos calcular a métrica R2 (r quadrado), que é o coeficiente de determinação de nosso modelo:

Soma dos quadrados explicada (SQE): O quanto nosso modelo está explicando a relação

Soma dos Quadrados dos resíduos (SQR): O que nosso modelo não explica da relação

Finalmente, o R quadrado é calculado assim:

No nosso caso, o valor do R quadrado é 0,98, o que significa que 98% da variável dependente (Pesos) consegue ser explicada pelo modelo.

1.1 Workflow de Data Science

O trabalho de Data Science geralmente segue um workflow parecido com o que fizemos no exemplo das alturas x pesos. Naquele modelo simples, eu utilizei apenas a planilha LibreOffice Calc, nada mais. Nem sempre precisamos de ferramentas sofisticadas para realizar um bom trabalho de análise de dados e análise preditiva.

1.2 Formular o problema

Tudo começa com a formulação correta do problema em questão. E, pode acreditar, esta é uma das etapas mais difíceis, pois, se formularmos mal o problema, erraremos o resto do trabalho. Tudo pode começar com uma pergunta simples. No exemplo anterior, a pergunta foi:

"Qual é a relação entre a altura e o peso destas crianças?"

Ok, parece uma pergunta meio sem sentido, mas, se aplicarmos a um contexto socioeconômico, pode fazer muito sentido. Por exemplo, considere as crianças de áreas carentes, onde há exemplos de desnutrição.

Outros problemas típicos podem ser:

"Quantos tipos diferentes de clientes eu tenho?"

Interessante essa pergunta... A princípio você pode pensar em algo como: "Homens" ou "Mulheres", mas podem existir "tipos" de clientes "embutidos" nos seus dados, para os quais uma promoção direcionada poderia dar bons resultados.

É possível utilizar um mecanismo para encontrar padrões ou agrupamentos entre os hábitos de compras dos seus clientes, os quais você jamais supôs existirem. Esse é um problema de classificação sem supervisão, muito interessante de ser feito.

"Quais fatores mais influenciam o sucesso de um estudante?"

Está aí um problema bem interessante. Seria a condição socioeconômica? Seria o interesse por leitura? Seria o local onde mora? Como medimos o sucesso? Seria ele passar para uma boa faculdade?

"Como eu posso recomendar, de maneira eficiente, produtos para meus clientes?"

Sistemas de recomendação baseados em modelos preditivos são muito interessantes, e praticamente todas as grandes empresas investem muito nisso.

1.3 Obter os dados

Quais são as variáveis do problema? O que eu estou querendo atingir? Quais dados eu devo reunir? Há questões de privacidade envolvidas? Todas essas (e outras) questões devem ser resolvidas para obtermos um conjunto útil de dados, que podem vir de fontes diferentes.

Esta etapa envolve obter os datasets, formatar os dados, combiná-los, determinar as variáveis e os rótulos (aquilo que desejamos estudar).

1.4 Explorar os dados

Precisamos analisar os dados, buscando por anomalias e também por padrões interessantes. Para isso, usamos vários instrumentos de estatística e ferramentas diferentes. Notou que fizemos isso no exemplo das crianças? Nós visualizamos os dados, calculamos métricas estatísticas e concluímos que eles seguiam um padrão de reta.

Nesta etapa também preparamos os dados, tratando valores espúrios e resolvendo problemas de escala. Às vezes, as grandezas são tão diferentes, que precisamos colocar as variáveis em uma mesma escala, de modo a melhorar nosso modelo.

1.5 Modelar os dados

Significa pensar em um tipo de modelo, verificar se os dados "cabem" nele ("fit the model"), validar o modelo, para saber se realmente é eficaz.

Geralmente, dividimos os nossos dados entre "treinamento", utilizados para montar o modelo, e "teste", utilizados para validar o modelo. Desta forma, criamos um modelo sem viés, pois usar os mesmos dados para criar o modelo e validá-lo, pode criar um modelo viciado.

1.6 Comunicar o resultado

Conseguimos aprender alguma coisa? Podemos concluir alguma coisa? Então, esse é o momento de criar o documento, para contar a história de como atingimos esse resultado. O pessoal da "moda" gosta de chamar isso de "Story telling".

1.7 Mas, só isso?

Onde usamos o R? E o Hadoop? E o Spark? E o TensorFlow? Cadê o Machine Learning?

Como eu mencionei anteriormente, é possível fazer um excelente trabalho de Data Science com ferramentas simples, como uma planilha eletrônica. O que importa é o modelo ser coerente e com boa avaliação.

Mas podemos usar várias ferramentas diferentes, dependendo da necessidade e do tamanho dos dados. Por exemplo, a quantidade é enorme (Terabytes?) então precisamos usar algo que possa processar tudo isso, como um Cluster em nuvem (Amazon AWS, Google Cloud, Azure, IBM Bluemix, Intel Nervana etc).

Softwares como Hadoop ou Spark podem processar grandes volumes de dados utilizando vários computadores (arquitetura distribuída).

Agora, se precisarmos maior flexibilidade, seja para preparar os dados ou para fazer vários tipos de análise, um software de Story Telling, como o Jupyter, usando Python ou R, pode ser muito útil. E, se precisarmos fazer algo como

"Deep Learning", um mecanismo de rede neural, como o TensorFlow (https://tensorflow.rstudio.com) ou o pacote R "neuralnet", pode ser usado.

CAPÍTULO 2

Ambiente de desenvolvimento

Este é um grande problema para quem está aprendendo Data Science e Machine Learning: Configuração de um ambiente para desenvolvimento.

Neste livro, eu adotarei um ambiente web, gratuito, que lhe permitirá exercitar tudo o que falamos, sem perder tempo instalando coisas. Basta utilizar um navegador web.

Não vou tentar te enganar: O ambiente R é problemático. Alguns pacotes podem apresentar problemas na instalação, dependendo da versão de bibliotecas do sistema operacional, e isto pode lhe causar grande dor de cabeça. Por isso, recomendo usarmos ambiente de "notebook" estilo Ipython. É um ambiente de programação na Web, que pode até dispensar instalações locais, em sua máquina. Vou explicar melhor.

Vou lhe mostrar várias maneiras de preparar um ambiente para codificar em linguagem R, e você pode escolher qual deseja utilizar. Se não tem experiência em programação, recomendo usar um provedor de Notebooks online.

2.1 Jupyter Notebook

Neste curso, vamos usar Notebooks **Ipython** para codificar e testar as aplicações. É a forma mais simples de programar e nos permite criar documentos "vivos", interativos, que representam bem o conceito de Story telling. Segundo a Wikipedia:

> *"IPython é um interpretador interativo para várias linguagens de programação, mas especialmente focado em Python. Ipython oferece "type introspection", "rich media", sintax shell, completação por tab e edição auxiliada por histórico de comando."*

14 • Data Science para profissionais

Quer ver um exemplo de Notebook? Acesse este link: https://github.com/cleuton/datascience/blob/master/nlp/tagCloud/NewsCloud.ipynb

Um Notebook é um documento JSON que contém "células". Cada célula pode conter: Código-fonte, Texto (em formato Markdown), Imagens, Gráficos e resultados de processamento. Ele é utilizado pelo IPython para processar comandos na linguagem de programação escolhida, armazenando os resultados. É um documento dinâmico e interativo.

Em 2014, foi feito um "fork" do projeto IPython chamado "Jupyter", que implementou Kernels (processadores) de outras linguagens, como: R, Ruby, Julia e Haskell.

Existem vários provedores de ambiente Notebook na rede (SaaS), como:

- Microsoft Azure notebooks (https://notebooks.azure.com);
- CoCalc (https://cocalc.com/doc/jupyter-notebook.html);

Eu uso os dois. Neles, podemos criar Notebooks usando R ou Python.

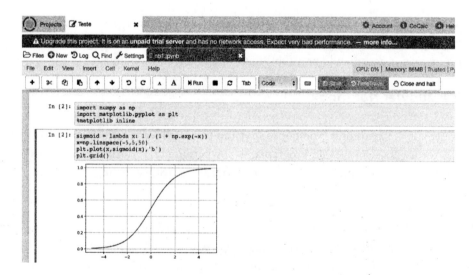

Figura 7: Notebook no CoCalc em R

Ambos os provedores possuem nível de acesso gratuito, que deve ser suficiente para os nossos exemplos. O CoCalc não permite acesso à web no nível gratuito, o que significa que você não terá como buscar "tweets", para analisar, por exemplo.

2.2 Utilizando o Microsoft Azure Notebooks

Acesse o site https://notebooks.azure.com. Faça login com seu e-mail e senha Microsoft (ou Hotmail). Acesse o menu "Libraries" e crie uma biblioteca para você utilizar, como na próxima figura.

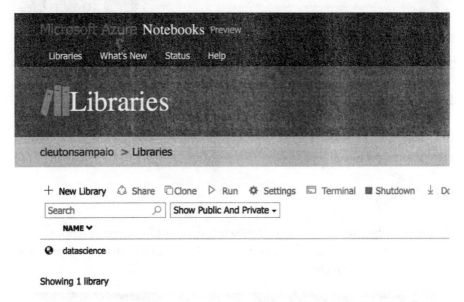

Figura 8: Criando uma library no Microsoft Azure Notebooks

Abra sua "library" e clique no botão "+" para criar um novo notebook:

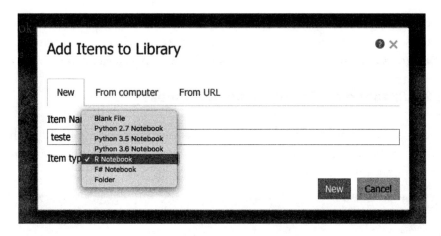

Figura 9: Criando um notebook R no Microsoft Azure Notebooks

2.3 Utilizando o CoCalc

O CoCalc não permite acesso a recursos na Internet no modo gratuito, o que não é um grande problema para nós.

Acesse o site: https://cocalc.com

Clique em "Sign in" e selecione o serviço que deseja utilizar para autenticar você. Sempre é possível criar uma conta especificando e-mail e senha, mas é preferível usar sua rede social favorita:

Figura 10: Fazendo login no CoCalc

CAPÍTULO 2   Ambiente de desenvolvimento   •   17

Figura 11: Criando um projeto no CoCalc

Crie um novo "Projeto":
Abra o projeto e crie um notebook:

Figura 12: Criando um notebook no CoCalc

2.4   Como utilizar um Notebook

Figura 13: "Jeitão" de um Notebook

Independentemente de qual provedor, é importante aprender a utilizar um Notebook Jupyter. Vamos ver resumidamente como fazer isso.

Um Notebook é um arquivo JSON, que contém "células". Uma célula pode conter texto rico (em formato "Markdown") ou código-fonte. Se contiver código-fonte, pode também ter sido executada, logo, o resultado também fica armazenado. Este resultado pode ser texto ou gráfico.

Vamos fazer um "test-drive". Abra o CoCalc ou o Azure e crie um notebook vazio. Se você escolheu o "CoCalc":

1. Crie um novo arquivo do tipo Jupyter Notebook;
2. Na janela do seu novo notebook, selecione o menu "Kernel / change kernel" e escolha R (R-project);
3. Digite "head(mtcars)" e tecle SHIFT+ENTER;

O resultado deve ser como a próxima figura:

In [2]:	head(mtcars)										
		mpg	cyl	disp	hp	drat	wt	qsec	vs	am	gear	carb
	Mazda RX4	21.0	6	160	110	3.90	2.620	16.46	0	1	4	4
	Mazda RX4 Wag	21.0	6	160	110	3.90	2.875	17.02	0	1	4	4
	Datsun 710	22.8	4	108	93	3.85	2.320	18.61	1	1	4	1
	Hornet 4 Drive	21.4	6	258	110	3.08	3.215	19.44	1	0	3	1
	Hornet Sportabout	18.7	8	360	175	3.15	3.440	17.02	0	0	3	2
	Valiant	18.1	6	225	105	2.76	3.460	20.22	1	0	3	1

In [ ]:

Figura 14: Um notebook onde listamos o início do dataset "mtcars"

Se escolheu o Microsoft Azure Notebooks:

1. Em sua "library" clique no botão "+" e escolha "Notebook R", como já mostrei;
2. Na lista de arquivos da "library", selecione seu notebook (pelo nome);
3. Não precisa mudar o Kernel, pois já está em R (mas o processo é o mesmo).

CAPÍTULO 2 Ambiente de desenvolvimento • **19**

Digite: "head(mtcars)" e tecle SHIFT+ENTER;

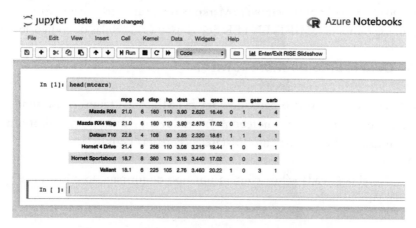

Figura 15: Notebook rodando na Azure Notebooks

Para executar uma célula, basta teclar SHIFT+ENTER.

Para criar uma célula, antes ou depois da célula atual, use o menu "Insert" (Cell above – acima da célula atual / Cell bellow – abaixo da célula atual). E você pode apagar ou copiar células. Também pode mudar o tipo da célula selecionando a "dropdown list" marcada como "Code":

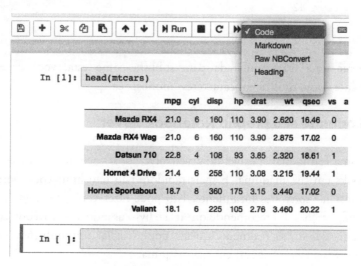

Figura 16: Mudando o tipo de célula

Markdown é um formato de texto rico muito simples de usar (https://github.com/adam-p/markdown-here/wiki/Markdown-Cheatsheet). Para formatar o texto, use o mesmo SHIFT+ENTER que já usou com células de código-fonte.

2.5 Guia rápido de Markdown

Markdown é um formato parecido com HTML, onde temos quase tudo para criar um texto rico. Abra o notebook "markdown", dentro do repositório deste livro (https://github.com/cleuton/datascience, pasta "book-R").

Neste Notebook, cada célula contém um tipo de formatação e instruções para gerá-la. Por exemplo:

```
Numerada:
    1. Item a;
    2. Item b;
         1. Subitem a1
         2. Subitem a2
    3. Item c;
Digite:
1. Item a;
2. Item b;
  1. Subitem a1
  2. Subitem a2
3. Item c;
```

Para gerar uma lista numerada com sublista como esta, você deve digitar exatamente como mostra em caracteres "monospace".

2.6 Rodando seu próprio Notebook server

Esta é uma forma mais flexível de desenvolver, pois você subirá um servidor de Notebooks em sua máquina. É mais rápido e não tem limitações, porém você deverá instalar softwares localmente. Isto pode fazer você perder muito tempo com configurações. Eu recomendo que leia o livro usando um provedor, conforme já mostrei. Porém, se realmente quiser, pode instalar um ambiente Anaconda (https://www.anaconda.com) em sua máquina.

Baixe um pacote do Anaconda para a sua versão de sistema operacional (Windows, Linux ou MacOS):

https://www.anaconda.com/download

Windows
Dê Double-click no arquivo de instalação .EXE e siga as instruções.

Linux
Execute: bash Anaconda-latest-Linux-x86_64.sh

MacOS
Execute: bash Anaconda3-latest-MacOSX-x86_64.sh

Crie um ambiente virtual

O Anaconda trabalha com ambientes virtuais, que não afetam o seu computador. Você precisa criar um ambiente virtual para seus projetos R. Utilizando um editor de textos, crie um arquivo como este:

```
name: rdatascience
dependencies:
  - r-irkernel
  - r-essentials
```

A indentação (quantidade de espaços) é muito importante neste tipo de arquivo. Salve-o com um nome significativo, como: "rds-env.yml".

Agora, abra uma janela Terminal ou um Prompt de Comandos no Windows (sim, aquela tela preta!). Mude para a sua pasta de trabalhos, como "meusDocumentos" ou algo similar, e digite:

```
conda env create -f rds-env.yml
```

Se o arquivo "rds-env.yml" estiver em outra pasta, informe seu caminho completo ou copie-o para a pasta atual.

Crie um Notebook Jupyter

Agora, você pode iniciar o ambiente Jupyter, que abre uma janela de navegador para você trabalhar. Primeiramente, é preciso ativar o ambiente virtual:

- MS Windows: digite: "activate rdatascience";
- MacOS or Linux: digite: "source activate rdatascience".

Na mesma tela, digite:

```
jupyter notebook
```

E pronto! Uma nova janela de navegador vai aparecer.

2.7 Usando o R-Studio

Se você é um programador e está acostumado a utilizar IDE's (Integrated Development Environment) então talvez prefira usar o R-Studio.

Para usar R você tem que instalar duas coisas:

- A linguagem R;
- O editor Rstudio.

A forma de instalar é simples e vamos ver por sistema operacional:

Windows:

Baixe o R de http://cran.us.r-project.org/, clicando em Download R for Windows. Instale o R com as opções padrão.

Baixe o Rstudio de http://rstudio.org/download/desktop e instale.

MacOS:

Baixe o R de http://cran.us.r-project.org/, clicando em Download R for (Mac) OS X. Instale o R com as opções padrão.

Baixe o Rstudio de https://download1.rstudio.org/RStudio-1.1.383.dmg e instale.

Ubuntu (Debian):
Abra um terminal e execute: sudo apt-get install r-base .

Baixe o pacote do Rstudio e instale: https://download1.rstudio.org/rstudio-xenial- 1.1.383-amd64.deb;

Atenção:
Se você usa Ubuntu ou MacOS, pode ser necessário instalar a libxml2-dev:

- Ubuntu: sudo apt-get install libxml2-dev;
- MacOS: brew install libxml2.

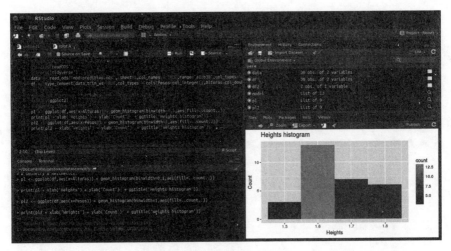

Figura 17: O RStudio

Seu código no painel topo-esquerda, a console, no painel baixo-esquerda, as variáveis e objetos, no painel topo-direita, e o plot dos gráficos no painel baixo-direita.

Antes de abrir arquivos, selecione a pasta onde quer trabalhar, utilizando o menu "Session / Set Working Directory".

Você pode digitar e executar comandos diretamente, no painel "Console" (canto inferior esquerdo) ou pode criar um Script R (canto superior esquerdo). Para executar um script R, clique no botão "Source", logo acima da janela de código-fonte.

CAPÍTULO 3

Primeiros passos em programação R

Se você já é programador ou costuma escrever programas em qualquer outra linguagem, pode pular este capítulo.

R é o nome da linguagem de programação que vamos utilizar neste livro. Não confunda com o conjunto dos números reais, cujo símbolo também é um "R".

Uma linguagem de programação serve para explicarmos ao computador quais cálculos e operações desejamos que ele efetue.

Isto envolve: Variáveis, Expressões e Comandos.

Nós vamos escrever comandos R em arquivos "Notebook", como eu já expliquei. Ao teclar SHIFT+ENTER em uma célula que contenha código-fonte, estamos mandando o R executar os comandos contidos nela.

Cada linha de texto em uma célula pode conter um comando em R.

3.1 Visualizando os exemplos

Este livro utiliza um repositório de arquivos no Github.com. O endereço básico é: http://github.com/cleuton/datascience

Abra em seu navegador e coloque este endereço como "favorito".

Neste repositório, há várias pastas interessantes. Para o nosso livro, há uma pasta "book-R", que contém todos os arquivos Notebook Jupyter de exemplos.

Dependendo do tipo de laboratório que você vai utilizar, a maneira de abrir o arquivo pode ser diferente. Uma coisa que você deve fazer é "clonar" o repositório ou baixar um arquivo ZIP.

Se você tem conhecimentos de programação, e sabe utilizar o "Git", é só criar uma pasta e digitar:

git clone http://github.com/cleuton/datascience

Se você não tem experiência ou não conhece "Git", então acesse a página do Github, pelo endereço web que eu mostrei, e procure um botão com o texto "Clone or download" (geralmente é verde e fica no lado direito da página). Clique nele e selecione o link "Download ZIP". Descompacte o arquivo e use-o como fonte para abrir os notebooks.

Vamos ter arquivos de Notebooks (extensão "ipynb" e de dados, com extensão "csv").

CoCalc

Se optou por utilizar o "CoCalc" (http://cocalc.com) então já tem um projeto criado, portanto, é só acrescentar os arquivos (Notebooks e CSVs) a ele:

1. Selecione "New" dentro do seu projeto;
2. Role a página para baixo, até ver o texto "Upload files from your computer";
3. Clique no texto "Drop files to upload (or click)" e selecione os arquivos que deseja carregar;
4. O arquivo aparecerá na lista de arquivos do seu projeto bastando clicar sobre seu nome para abrir.

Figura 18: Adicionando arquivos no CoCalc

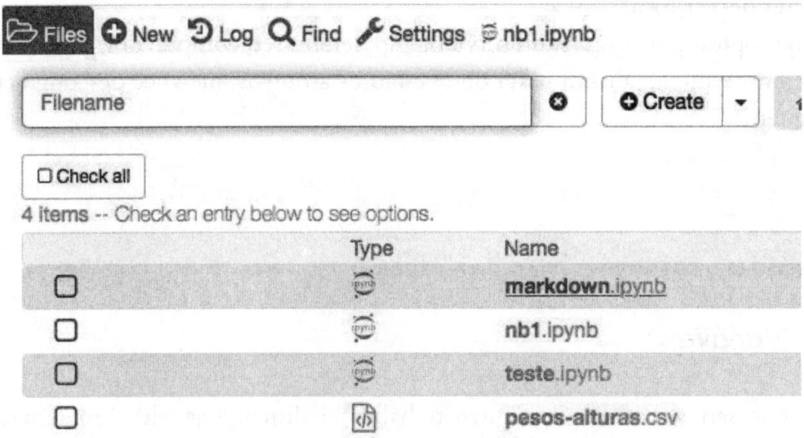

Figura 19: Lista de arquivos adicionados ao Projeto no CoCalc

Microsoft Azure Notebooks

Abra sua "Library", clique em "New" e, no diálogo "Add Items to Library", selecione a aba "From computer", clicando no botão "Choose files", e selecione o(s) arquivo(s) que deseja carregar. Depois disto, os arquivos estarão disponíveis na sua "Library", bastando clicar neles para abrir.

Figura 20: Adicionando arquivos no Microsoft Azure Notebooks

Jupyter Server local

Se você optou por utilizar um servidor Jupyter em seu computador, então basta abrir um terminal, abrir a pasta onde estão os arquivos que você descompactou e digitar:

```
source activate rdatascience
```

E selecione o seu arquivo na página "Home".

3.2 Variáveis

Variáveis são a base de qualquer trabalho analítico, seja ele: Programação, Estatístico ou Matemático. Uma variável representa algo que não temos como determinar o valor, e podemos substituir. A Wikipedia tem excelentes definições para os 3 domínios do conhecimento:

- Variável (**estatística**) - atributo, mensurável ou não, sujeito à variação quantitativa ou qualitativa, no interior de um conjunto;

- Variável (**matemática**) - ente, em geral representado por uma letra, que pode assumir diferentes valores numéricos em uma expressão algébrica, numa fórmula ou num algoritmo;

- Variável (**programação**) - objeto situado na memória que representa um valor ou expressão.

Bem, abra o notebook "Rbasico.ipynb", dentro do repositório, como já expliquei no início deste capítulo. Se você não quer executar os comandos, então visualize o arquivo em: http://github.com/cleuton/datascience, selecione a pasta "book-R" e abra o arquivo. Você não poderá executar, mas pelo menos vai visualizar.

Na segunda célula do arquivo, temos um exemplo de variáveis:

```
y <- 2*x + 3
```

É a equação de uma reta, certo? Temos duas variáveis ("y" e "x") e dois coeficientes. O coeficiente angular é 2 e o linear é 3. Até aí, nada de novo... Matemática do ensino fundamental, certo? Eu sei, tem coisas estranha. O asterisco significa "multiplicação" em R.

Que formato estranho é esse? O que é aquele "arremedo" de seta? Em R, usamos a combinação do sinal de menor com um hífen "<-" para representar "atribuição" de valor. Neste caso, queremos dizer:

A variável 'y' recebe o resultado da expressão envolvendo a variável 'x'.

Se executarmos esta célula, qual será o resultado? Erro:

```
Error in eval(expr, envir, enclos): objeto 'x' não encontrado
```

Criamos uma expressão que contém as variáveis "y" e "x". A variável "y" é chamada de **dependente**, pois seu valor dependerá do resultado da expressão à direita da seta. Neste momento, nenhuma variável existe na memória, logo, estamos criando a variável "y".

Só que estamos criando a variável "y" baseados em uma expressão que envolve outra variável, "x", que ainda não foi criada. Logo, o R não sabe qual valor deve utilizar para substituir "x" e calcular o valor de "y". Portanto, ele nos diz que não encontrou o "objeto" "x".

Vejamos as próximas células:

```
x <- 3
y <- 2*x + 3
print(y)
```

É fácil entender o que eu fiz, não? Primeiro, eu estou "criando" a variável "x" ao atribuir o valor 3 a ela. Depois, eu "crio" a variável "y", atribuindo o resultado do cálculo a ela. Desta vez, não há problema, pois a variável "x", exigida pela expressão, já está criada na memória.

E depois, eu utilizo uma "função" chamada "print". Entre parênteses, eu passo o(s) argumento(s) para a função, que, neste caso, é a variável "y". Em outras palavras, eu estou executando a função "print()" passando a variável "y", e ela mostrará o valor de "y" na célula.

Execute todas essas células teclando SHIFT + ENTER em cada uma.

3.3 Variáveis estatísticas

Segundo a Wikipedia, uma variável estatística é atributo, mensurável ou não, sujeito à variação quantitativa ou qualitativa, no interior de um conjunto. Mas o que isso significa?

Vejamos, por exemplo, os alunos de uma escola. Esse é o nosso "conjunto". Quais atributos temos sobre cada aluno? Por exemplo: Peso e Altura.

Podemos coletar uma amostra de pesos e alturas dos alunos, para estudar o relacionamento entre essas variáveis. A variável "Altura" representa a altura de cada aluno, medida em metros, e a variável "Peso" representa o peso de cada aluno, medido em quilogramas.

Temos um "dataset" (um conjunto de dados) dos alunos de uma escola. Ele está na mesma pasta do Notebook e se chama "pesos-alturas.csv". Seu conteúdo é esse:

```
Pesos,Alturas
74,"1,73"
61,"1,62"
61,"1,63"
68,"1,68"
70,"1,68"
73,"1,75"
67,"1,68"
67,"1,67"
...
```

Cada linha do arquivo termina com um <CR> (Carriage Return) e contém dados de um determinado aluno. A primeira linha contém o cabeçalho (header) com os nomes dos campos, que são separados por vírgulas.

Este é um arquivo "CSV – Comma Separated Values", um formato comum para dados estatísticos.

Temos duas variáveis para estudar: Peso e Altura, e uma amostra dos alunos de uma escola.

Podemos usar uma função R para ler o conteúdo deste arquivo e trabalhá-lo dentro de comandos em R. Veja na célula seguinte:

```
df_alunos <- read.csv('pesos-alturas.csv')
```

A função "read.csv()" lê um arquivo de dados em formato CSV e o carrega na memória, apontando-o com uma variável. No exemplo acima, a variável "df_alunos" representa o nosso arquivo (ou "dataset"). O nome e o caminho do arquivo são passados como argumento para a função e, como se trata de um texto, devemos colocá-lo entre aspas (simples ou duplas, o R não se importa).

O arquivo agora está na variável "df_alunos" e podemos mostrar os seis primeiros registros (linhas) com a função "head()":

```
head(df_alunos)
```

Podemos usar essa variável "df_alunos" e calcular medidas estatísticas das duas variáveis estatísticas: Peso e Altura. Por exemplo, a função "summary()" faz isso:

```
summary(df_alunos)
```

Essa função calcula vários "quartis" da amostra:

- Primeiro quartil: 25%;
- Mediana: 50%;
- Terceiro quartil: 75%;

```
    Pesos              Alturas
 Min.   :50.00      1,61   : 15
 1st Qu.:57.00      1,7    : 15
 Median :65.00      1,75   : 13
 Mean   :64.93      1,57   : 12
 3rd Qu.:73.00      1,68   : 12
 Max.   :80.00      1,52   : 11
                    (Other):221
```

Temos o valor mínimo (Min), primeiro quartil (1st Qu), mediana (Median), média (Mean), terceiro quartil (3rd Qu) e valor máximo (Max) de cada variável do dataset.

3.4 Expressões

Uma expressão é uma fórmula que combina operadores aritméticos, lógicos e funções, para produzir um resultado. Por exemplo, suponha a fórmula do desvio padrão amostral:

Pode ser representada em R assim:

```
s    <-   sqrt(sum((df_alunos$Pesos-mean(df_alunos$Pesos))^2/
(length(df_alunos$Pesos)-1))) 
print(s)
```

Em R não usamos chaves e colchetes nas expressões, apenas parênteses.

Calma! Vamos por partes, de fora para dentro:

```
sqrt(
    sum(
        (df_alunos$Pesos - mean(df_alunos$Pesos))^2
        / (length(df_alunos$Pesos)-1)
    )
)
```

1. Calculamos a raiz quadrada com a função "sqrt()";
2. Calculamos o somatório do quadrado das diferenças de cada peso e a média;
3. Dividimos pelo tamanho da amostra menos 1;

A sintaxe "df_alunos$Pesos" indica que queremos apenas a coluna dos pesos do nosso dataset.

Usamos mais 3 operadores aritméticos. Vamos ver quais são:

- " + " : Adição;
- " - " : Subtração;
- " * " : Multiplicação;
- " / " : Divisão;
- " ^ " : Potenciação.

E vimos novas funções:"length()" que retorna o tamanho de um dataset, e "mean()", que calcula a média de um dataset, além da função "sum()" que realiza o somatório.

Agora, tem uma maneira mais fácil de calcular o desvio padrão amostral:

```
sd(df_alunos$Pesos)
```

É bem mais simples, não?

3.5 Escopo

Tudo o que for declarado em uma célula estará disponível para as outras células, desde que você a tenha executado. Por exemplo, declaramos o "df_alunos" em uma célula certo? E utilizamos essa variável em outras células.

Declarar é a mesma coisa que "criar".

Você deve executar todas as células cada vez que você abre um notebook. Isso pode ser feito com o menu "Kernel / Restart & Run all".

3.6 Comentário

Mais uma coisinha antes de encerrarmos. Se você quiser colocar comentários dentro de um código-fonte, basta inserir um caractere " # ". Tudo depois desse caractere é considerado com comentário e é ignorado pelo R.

CAPÍTULO 4

Mas o que é Data Science?

Ok, sei que a maioria dos textos tenta explicar Data Science e acaba "derrapando"... Na verdade, poucas pessoas sabem conceituá-la com precisão, mas existem duas definições que eu gosto muito:

- *"Data Science is a "concept to unify statistics, data analysis and their related methods" in order to "understand and analyze actual phenomena" with data. It employs techniques and theories drawn from many fields within the broad areas of mathematics, statistics, information science, and computer science, in particular from the subdomains of machine learning, classification, cluster analysis, data mining, databases, and visualization."* - Wikipedia

(Ciência de Dados é um conceito para unificar estatística, análise de dados e seus métodos relacionados, de modo a entender e analisar fenômenos reais com dados. Ela emprega técnicas e teorias retiradas de vários campos do conhecimento, dentro das grandes áreas da matemática, estatística, ciência da informação e ciência da computação, em particular dos subdomínios de aprendizado de máquina, classificação, análise de agrupamentos, mineração de dados, bancos de dados e visualização) – Traduzido pelo autor.

- *Data Science é o casamento entre estatística e ciência da computação.*

Escolha a sua definição, pois todas parecem apropriadas.

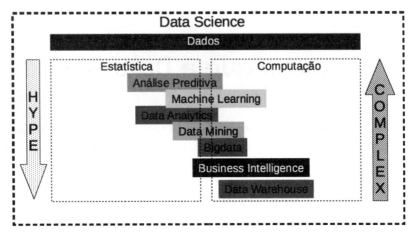

Figura 21: Data Science

Eu sou um cara muito visual e prefiro infográficos, como este abaixo..

Vamos interpretar esse infográfico em duas dimensões: Vertical ("hype" / "complexidade") e horizontal (Domínio: estatística ou computação). Quanto mais no alto a técnica, mais na "hype" (ou na "vibe") atual ela está, ou seja, mais na "moda". Quanto mais à esquerda, mais pertence ao domínio da estatística, e, quanto mais à direita, mais pertence ao domínio da computação. A complexidade é contrária à "hype".

Todas essas técnicas e subdomínios listados fazem parte do grande conjunto denominado Data Science ou Ciência de Dados.

Mas veremos uma por uma, de modo a entender o que são e como se relacionam.

4.1 Data warehouse

É um agrupamento de dados preparados para consultas e outras análises estatísticas, mantidos em um meio e um formato que privilegia esse tipo de consulta.

Os dados dos sistemas aplicativos de uma empresa são mantidos em formato e meio apropriados para realizar transações. Dizemos que estão em um formato "transacional" e são processados por sistemas de OLTP – Online transaction processing. Geralmente, os dados transacionais são difíceis de manipular para realizar algumas operações estatísticas, como Pivotagem (transposição) e Detalhamento ("drill down").

- Pivotagem: Transposição de linhas em colunas e vice-versa;
- Detalhamento (drill-down): Aumentar o nível de detalhe de uma grandeza;
- Sumarização (Roll-up): Sumarizar por grandezas.

Para facilitar estas operações de BI – Business Intelligence, geralmente criam-se bancos especiais, utilizando técnicas de Modelagem Dimensional, para onde os dados são extraídos, utilizando-se uma técnica conhecida como: ETL – Extract, Transform, Load.

Os dados em um Data warehouse são "fotos" (Snapshots) de momentos passados no tempo e ficam disponíveis para que sejam realizadas consultas e operações estatísticas com eles, utilizando-se consultas OLAP – Online Analytical Processing.

Os softwares de BI – Business Intelligence, como o Pentaho (http://pentaho.com) trabalham com os data warehouses para realização destas consultas.

4.2 Business Intelligence

Bem, se você tem um Data warehouse, é porque deseja analisar o desempenho de um negócio, certo? Aí é que entra o BI.

As empresas utilizam ferramentas de BI e Data warehouses, para entender seu desempenho, detectar problemas e descobrir maneiras de melhorá-lo. Geralmente, utilizam softwares específicos de OLAP – Online Analytical Processing para trabalhar seus Data warehouses e realizar consultas, gerando relatórios.

Todo o processo é feito a posteriori, ou seja, depois que os fatos (as transações) foram realizados. Embora utilizem técnicas estatísticas, os processos de BI são mais ligados à área da computação, sendo implementados por profissionais oriundos desta área.

4.3 Big Data

Há uma tendência das pessoas confundirem "Big Data" com Data warehouse ou BI. Na verdade, são bem diferentes.

No caso do Big Data, utilizam-se algoritmos e ferramentas capazes de processar imensos volumes de dados, em tempo real (ou próximo dele), de modo a extrair informações e conhecimento "on the fly".

O Big Data acrescenta ao BI as características:

- Volume: Trata-se de volumes imensos de dados e voláteis;
- Velocidade: São dados "vivos" coletados bem próximos do momento em que acontecem;
- Variedade: Os dados não estão necessariamente preparados e podem ser obtidos de fontes completamente diferentes. Podem ser dados estruturados (em tabelas, por exemplo), não estruturados (texto livre ou imagens) e uma mistura de ambos.

Algoritmos como o MapReduce (https://en.wikipedia.org/wiki/MapReduce) funcionam de maneira distribuída, permitindo processar imensos volumes de dados com bastante velocidade, inclusive em ambiente de nuvem.

As principais ferramentas de Big Data são: Apache Hadoop, Apache Spark e suas ferramentas satélites (Apache Hive, Hue etc).

4.4 Data Mining

Mineração de Dados ou Data Mining serve para descobrirmos padrões em grandes conjuntos de dados, gerando conhecimento de alto valor competitivo. Enquanto no BI trabalhamos com domínios e informações conhecidas, no Data Mining estamos "entrando na mata com facão", observando e analisando os dados sem necessariamente ter conhecimento prévio de todas as associações e relações.

É uma técnica que pode ser utilizada em BI ou em Big Data, tendo voltado ao "hype" com toda essa onda de Data Science. Um grande valor, que pode justificar o investimento, é justamente a descoberta de novos conhecimentos a partir de dados coletados.

4.5 Data Analytics

Tem muito a ver com Data Mining, no sentido em que serve para descobrir padrões e correlações, mas é um pouco mais abrangente. Visa estudar os dados (com olhar estatístico) para descobrir suas características e criar modelos explicativos e preditivos.

Enquanto o Data Mining e o BI são mais calcados em computação, o Analytics é mais ligado a estatística em si, procurando explicar os fenômenos encontrados sob este ponto de vista.

4.6 Análise Preditiva e Machine Learning

Essas duas técnicas são "irmãs", oriundas de áreas diferentes. A Análise Preditiva sempre existiu no campo da estatística, e é voltada para criar modelos preditivos de fenômenos, com base em sua distribuição de probabilidades.

Podemos criar modelos baseados em "closed-form" (https://en.wikipedia.org/wiki/Closed-form_expression) nos quais temos uma fórmula que nos dá a solução ótima, ou pode ser na base de heurísticas para descobrir parâmetros que ajustam o modelo, até descobrirmos o melhor ajuste possível, utilizando uma "função de custo". Isto se chama de "Aprendizado de Máquina".

Nem sempre Machine Learning quer dizer "Cérebro Eletrônico". Pode ser algo simples como executar heurísticas até encontrar uma combinação de parâmetros ótima, ou pode ser algo "chique" como treinar uma rede neural. Machine Learning tem sua vertente "Deep Learning" que é baseada em técnicas de redes neurais.

4.7 As perguntas que não querem calar

Certamente, você deve ter lido ou ouvido várias perguntas sobre Data Science. Talvez, até você mesmo as tenha feito. Bem, vamos tentar responder algumas delas antes de prosseguirmos. Até porque elas podem atrapalhar o aprendizado.

Existe uma profissão "Cientista de Dados"?
Não. Não existe. Se compararmos um Estatístico com um Cientista de dados, certamente veremos que há muitas diferenças. Existem, é claro, ofertas de emprego que mencionam diretamente o cargo de "Cientista de dados".

O que eu devo aprender para ser um "Cientista de dados"?
Como vimos no início deste capítulo, a quantidade de técnicas é muito diversa e será muito difícil alguém dominar tudo. Se você é mais ligado à estatística, então pode se especializar em Data Analytics, Análise Preditiva ou até em parte de Machine Learning. Agora, se você é mais chegado à computação, pode se especializar em Big Data, Deep Learning ou BI, por exemplo.

Mas o ferramental seria muito próximo: Estatística, Classificação, Regressão, modelos preditivos, linguagem R ou Python etc.

Dá para ganhar dinheiro com isso?
É uma "hype", ou seja, há um "borburinho" muito forte no momento. É claro que isso tende a diminuir, porém, com a alta competitividade dos mercados, cada vez mais as empresas precisarão de pessoas que trabalhem com Data Science.

Atualmente é possível arrumar bons empregos, especialmente nos EUA e Europa, com salários bem atrativos. No Brasil, por enquanto, ainda é algo difícil. Talvez por conta da "crise" que atravessamos agora (2018), ou talvez porque nossa cultura não valorize muito o investimento em conhecimento. Porém, tenho ouvido falar muito em oportunidades para quem conheça algo sobre Data Science, mesmo que seja apenas Big Data.

Dá para trabalhar com isso sem uma formação sólida em matemática ou estatística?
Já ouvi pessoas de várias formações me perguntando isso. Na verdade, o mais importante é o espírito investigativo, ou seja, o gosto pela pesquisa. É claro que os instrumentos básicos de matemática, estatística e computação (programação) farão falta, mas você sempre poderá complementá-los.

Por que R? Não dá para ser em Java?
Claro. Algumas coisas podem ser feitas em Java, mas não tudo. As melhores opções para trabalhar com Data Science são: R e Python. Bem, R é uma ferramenta muito apropriada para trabalhar com Data Science. Python é mais versátil e tem uma comunidade maior, logo, são opções interessantes para trabalhar com Data Science.

Eu diria que R ou Python são excelentes escolhas. Já em outras linguagens, como Java, por exemplo, você pode ter dificuldades em encontrar bibliotecas e ferramentas necessárias.

Mas lembre-se: Um bom trabalho de Data Science pode ser feito até com planilhas eletrônicas. O que importa é a coerência e a avaliação do Modelo.

CAPÍTULO 5

Estatística básica para detonar as conversas fiadas

Já reparou como tem "bicão"? Quase todo mundo pensa que entende de tudo, não? A TV, os jornais, e até mesmo os seus amigos. Sempre tem alguém que diz: "A maioria dos Clientes prefere isso" ou "As duas coisas têm muita relação", ou mesmo "Sempre que acontece isso, acontecerá aquilo". Podem parecer inocentes, mas estas afirmações são, na verdade, falácias...

Falácia da generalização precipitada:
"A maioria das pessoas preferem o fundo cinza. Eu pesquisei com 50 usuários";
(Generalização a partir de amostra insuficiente)

Falácia da falsa analogia:
*"Como os clientes que compraram **isso** e os que compraram **aquilo** gostam de "Rock and roll" e moram em São Paulo, devem também ter um padrão aquisitivo semelhante";*

(Como dois grupos de amostras possuem algumas características semelhantes, assume-se que outras características, não mensuradas, também serão semelhantes, por analogia).

Falácia da omissão de dados:
"Entre os candidatos à Presidência, a maioria escolheu o candidato X, em vez do Y";
(Porém, na lista só havia esses dois nomes, e isso foi omitido)

Falácias causais:
São as mais comuns entre os metidos a cientistas. Consideram correlação de dois eventos como relação de causa e efeito.
"O alto nível de desemprego atual é provocado pelo baixo consumo";

(Na verdade, pode haver um terceiro evento provocando os dois, como a elevada taxa de juros da economia).

Com análises simples podemos desmontar argumentos falaciosos e restaurar a verdade, evitando problemas e situações embaraçosas. Um candidato a Cientista de dados deve manter a mente aberta evitando se iludir com aparências.

Darei um exemplo da minha própria experiência. Algum tempo atrás, eu trabalhava como Analista de Suporte e prestava serviços para um grande banco. Este banco possuía um parque de servidores web, e, volta e meia, havia problemas de desempenho. Resolveram, então, fazer uma análise "estatística" para saber se os servidores estavam no limite de sua capacidade. Mediram o percentual de uso da CPU a cada minuto, e calcularam a média. Como a média diária ficava abaixo de 50%, concluíram que os servidores estavam, na verdade, sendo utilizados abaixo da sua capacidade total, e que o problema deveria ser na rede.

Eu teimava que a carga estaria muito alta e que isto causaria instabilidade no processamento das requisições. Bem, só para dar uma ideia, eis a média de uma amostra com 100 observações:

```
49.65298147291864
```

Está bom, não? Média abaixo de 50% de uso significa que está sobrando CPU, certo? Uma rápida olhada em outra métrica estatística pode mudar essa visão... Vejamos o desvio padrão:

```
30.563638977777632
```

Caramba! O desvio padrão é quase do tamanho da média! Uma rápida olhada no histograma mostra essa dispersão:

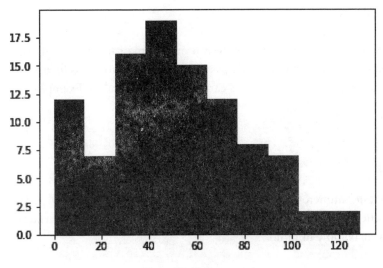

Figura 22: histograma

As medidas deveriam estar agrupadas em torno da média, se a distribuição fosse normal. Da maneira em que está o gráfico, vemos um fenômeno conhecido como "skew", ou seja, a imagem apresenta mais valores de um lado do que de outro, e há certas faixas com muitos valores.

Essa grande dispersão de valores de CPU pode indicar que várias requisições estão resultando em erro, talvez por falta de capacidade ou contenção de recursos.

Somente tendo uma noção de estatística básica é que conseguimos evitar estes tipos de falácias e erros.

5.1 Tipos de dados

Antes de entrarmos em estudos estatísticos é necessário conceituarmos e classificarmos os tipos de dados (o domínio) das variáveis que trabalharemos:

- Discreto: Domínio dos inteiros (Z);
- Contínuo: Domínio dos números reais (R);
- Categoria: Não possui significado matemático, mas classifica os dados;
- Ordinal: É um tipo de categoria, que implica ordenação.

Dados discretos

Representa a quantidade de um evento ou alguma característica da população. Por exemplo, quantos filhos uma pessoa tem, ou quantos itens foram comprados pelos clientes, ou mesmo quantas cartas eu tirei do baralho. Exemplo:

```
[14, 34, 25, 54, 80, 32, 65, 94, 67, 75, 56, 42, 56, 37,  5, 34, 47,
 33, 58, 94, 53, 54, 81, 70,  8, 84, 30, 14, 80, 64, 86, 96, 70, 54,
 45, 91, 39, 63, 27, 74,  5, 83, 83, 40, 89,  6, 43, 27, 93, 43]
```

O que estes números significam? Poderiam ser a quantidade de livros comprados pelos clientes. Com esses números discretos, podemos efetuar operações como: média, máximo e mínimo.

```
Média 53.94
Máximo 96
Mínimo 5
```

E faz sentido somarmos os números, por exemplo, supondo que os primeiros 6 números sejam os itens comprados em Janeiro, podemos calcular sua soma: 239 livros. Podemos até contar e dividir os dados pelos valores, por exemplo, quantos compraram 5 livros?

5.2 Dados contínuos

Estes representam uma quantia com infinitas possibilidades, por exemplo, qual a temperatura média diária, quantos gramas de salame foram consumidos, qual é o gasto médio de cada pessoa com alimentação etc.

```
[ 0.94115316, 0.13903804, 0.24613965, 0.57527868, 0.44133781,
  0.80407116, 0.4188517 , 0.33656084, 0.14061478, 0.52335286,
  0.22186892, 0.52721651, 0.74862607, 0.66498393, 0.80124513,
  0.24585998, 0.45772735, 0.95127316, 0.58105583, 0.64457272,
  0.89791109, 0.91778291, 0.18086884, 0.93145672, 0.63828572,
  0.75804647, 0.13599553, 0.52648257, 0.21969373, 0.591247 ,
  0.61327027, 0.83136645, 0.13151607, 0.24389139, 0.01109753,
```

```
0.68103893, 0.77043352, 0.05451204, 0.15486932, 0.93015816,
0.41917482, 0.66817202, 0.22277385, 0.88025056, 0.68101495,
0.02612094, 0.10535769, 0.27154866, 0.37125048, 0.87795568]
```

Também podemos calcular algumas métricas:

```
Média   0.503087443408
Máximo  0.951273157284
Mínimo  0.0110975298472
```

Agora, fica muito difícil tentarmos contar esses valores... Por exemplo, quantas ocorrências têm o valor 0.22277385? Neste caso, podemos dividir a massa em faixas de valores, por exemplo, de 0,20 até 0,30 e por aí vai.

(Observação: Você verá números reais com ponto como separador de casas decimais. Isto é porque os programas trabalham desta forma)

5.3 Categorias

Categorias são informações qualitativas e podem ser binárias ou não. Como exemplos, temos: Sexo (binária), Tem filhos (binária), Nacionalidade (múltipla) etc.

É possível associar as categorias com identificadores numéricos, para facilitar as operações com os dados, porém estes valores não possuem nenhum significado matemático.

	Id Cliente	Id Produto	tipo	Quantidade	Perecível
0	1213	50	cereal	10	s
1	4351	13	fruta	50	s
2	3243	1	prato	12	n
3	6543	23	talher	5	n
4	1211	50	cereal	8	s
5	5678	8	detergente	18	n
6	9831	8	detergente	8	n
7	1342	7	desinfetante	2	n

	Id Cliente	Id Produto	tipo	Quantidade	Perecível
8	4322	1	prato	43	n
9	6533	13	fruta	25	s
10	1122	22	panela	12	n
11	3231	23	talher	5	n
12	6354	23	talher	3	n
13	7654	22	panela	2	n

Como podemos ver, temos alguns atributos neste "*dataset*" (aliás, usaremos o termo "dataset" para determinar conjuntos de dados a serem analisados):

- 'Id Cliente': Apesar de parecer ser um campo numérico, deve ser desconsiderado em qualquer análise. Ele é um rótulo de cada linha, ou seja, um dado qualitativo que não interessa tratar estatisticamente. Por exemplo, a média desse campo serve para o quê? Para nada. Identificadores de linhas são tratados dessa maneira;

- 'Id Produto': Seria um atributo de **categoria**, representando o tipo de produto adquirido, com múltiplos valores (o domínio é a quantidade de tipos de produtos diferentes existentes);

- 'tipo': Claramente um campo de **categoria**, com múltiplos valores (7 valores possíveis);

- 'Quantidade': Um campo discreto, embora pudesse ser contínuo (por exemplo, se a unidade fosse em gramas ou litros);

- 'Perecível': Um campo de **categoria** binário (2 valores possíveis).

Podemos agrupar os dados por categorias:

```
cereal          2
desinfetante    1
detergente      2
fruta           2
```

```
panela      2
prato       2
talher      3

Perecivel
n          10
s           4
```

Podemos plotar histogramas baseados em categorias:

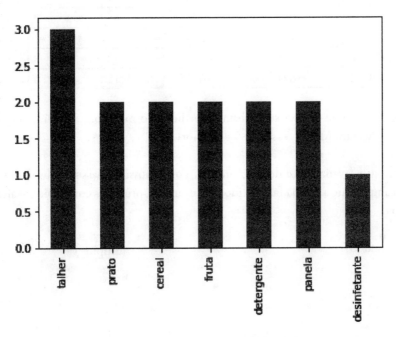

Figura 23: Histograma de tipo de produto

5.4 Dados ordinais

É um dado categórico que pode ser ordenado de maneira significativa, ao contrário dos dados categóricos normais. O melhor exemplo é o "rank" ou avaliação de um produto pelos usuários.

	Id Cliente	Num Pedido	Id Produto	Avaliação
0	123	1234	11	5
1	456	2345	11	3
2	789	3456	45	4
3	101	6543	43	4
4	103	7654	56	5
5	203	8765	76	2
6	432	4321	56	2
7	531	9876	7	2
8	987	7373	45	2
9	110	2828	87	3
10	115	4949	7	3
11	621	7656	11	4

Imagine que este dataset seja a lista de pedidos do mês, com a avaliação que os clientes fizeram (de 1 a 5, sendo 5 a melhor).

O atributo "avaliação" é do tipo ordinal, pois é possível classificar os dados por este campo e até a média faz sentido, por exemplo, produtos com maior avaliação média:

```
Id Produto
43          4.0
11          4.0
56          3.5
87          3.0
45          3.0
7           2.5
76          2.0
```

Ou na forma de gráfico:

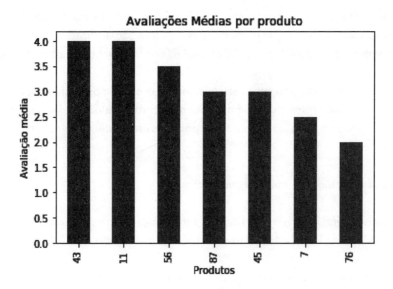

Figura 24: Avaliações médias

Esta é a principal diferença entre categoria e ordinal, ou seja, algumas análises com os ordinais fazem sentido.

5.5 Estatística descritiva

Estatística descritiva serve para analisar e sumarizar um dataset, e é, geralmente, a primeira coisa que fazemos quando recebemos um novo trabalho.

5.6 População e amostra

Em estatística, "**população**" é o conjunto dos dados que desejamos analisar. Por exemplo, se queremos analisar o desempenho escolar dos alunos brasileiros do ensino fundamental, então a população será o conjunto de TODOS os alunos brasileiros do ensino fundamental.

A população pode ser muito grande, logo, faz sentido extrair subconjuntos de dados, desde que sejam representativos, para podermos analisar. Isto se chama "**amostra**".

Existem técnicas de amostragem ("sampling") que formam subconjuntos representativos de uma população. Estas técnicas são utilizadas para evitar o "**viés**" (em inglês: "bias"), que é uma tendência indesejável nos dados coletados.

Viés também é conhecido como erro sistemático em uma ou mais características de uma amostra, representando uma distorção entre o valor da característica e o valor real. Vieses podem ser introduzidos por erros no cálculo ou por contaminação da amostra.

Voltando às técnicas de amostragem, temos:

- Amostragem aleatória: Utilizamos uma função para selecionar elementos aleatórios da População, de modo a evitar a introdução de viés;

- Amostragem sistemática: Pegamos elementos em intervalos selecionados, por exemplo, a cada 10 elementos pegamos 1;

- Amostragem estratificada: Dividimos a população em estratos (ou camadas) e retiramos alguns dados de cada estrato para formar a amostra. É importante manter a representatividade da população.

5.7 Tendência central

As medidas de tendência central são: média, mediana e moda. Eu sei que você sabe o que é média, mas existem alguns detalhes que talvez desconheça.

Média (ou média da população)

$$\mu = \frac{1}{N}\sum_{i=1}^{N} x_i$$

Conhecemos a média (em inglês: "**mean**" ou "**average**") da população pela letra grega "mi" e a quantidade de elementos da população pela letra "N" (maiúscula).

Média da amostra

$$\bar{x} = \frac{1}{n}\sum_{i=1}^{n} x_i$$

Conhecemos a média da população pelo x com uma barra "x barra" e a quantidade de elementos da população pela letra "n" (minúscula).

A média é uma medida pouco confiável, pois é afetada por **valores espúrios** (outliers), assunto que veremos mais adiante.

Mediana

A mediana (em inglês: "**median**") é o valor que está no centro de uma amostra. Vamos imaginar o seguinte dataset:

[1,3,4,**6**,7,9,10]

O valor da mediana é "6", que é o elemento central desse dataset, isto porque há um número ímpar de elementos. Se houver um número par de elementos, a mediana é calculada como a média dos dois valores centrais, por exemplo:

[1,3,**4**,**6**,7,9]

Neste caso, a mediana é "5" ((4 + 6) / 2).

Moda

A moda (em inglês: "mode") é o valor que mais se repete em uma amostra, por exemplo:

[1,**2**,**2**,3,4,5,6,7]

Neste caso, a moda é o número 2, que é o elemento que mais se repete.

Caso os dados sejam categóricos ou estejam agrupados por faixas, a moda é a faixa que possui maior número de ocorrências.

Quantidade de alunos	Média obtida
13	até 5,0
8	entre 5,0 (exclusive) até 8,0
3	entre 8,0 (exclusive) até 10

Neste exemplo, vemos que a maior quantidade de alunos obteve média até 5,0, logo, esta é a "classe modal".

Comparando Média, Mediana e Moda

Vamos imaginar um exemplo simples: Os pesos dos alunos adolescentes de uma turma:

[52,52,54,56,57,60,61,65,70,120]

- Peso médio: 64.7;
- Mediana: 58.5;
- Moda: 52.

Se tomarmos a média como descritor desse dataset, assumiremos que os alunos dessa turma pesam quase 65 kg, o que é um erro grosseiro. Note que, dos 10 alunos, 7 pesam menos que isso. O peso médio é 10% maior que a mediana dos pesos, e muito superior à moda.

Se você quiser saber quanto tipicamente pesa cada aluno, qual métrica usará? A moda simples, baseada em elementos que se repetem, pode não existir (caso não haja elementos repetidos), mas podemos dividir os pesos em faixas e calcular a classe modal, por exemplo:

Faixa de peso	Quantidade de alunos
Até 55 kg	3
Até 80 kg	6
Acima de 80 kg	1

Podemos ver que a faixa de peso que tem mais alunos, ou a "classe modal" é a dos que pesam entre 55 e 80 kg.

Agora, se retirarmos o aluno que pesa 120 kg, como se comportariam essas métricas?

- Peso médio: 58,7 kg;
- Mediana: 57 kg;
- Moda: 52 kg.

Agora, a média se aproximou mais da mediana, nos dando mais confiança na estimativa.

O problema é que o aluno que pesa 120 kg está desequilibrando a média da turma e gerando resultados irreais. A média é muito sensível a valores extremos, conhecidos como "valores espúrios" ou, em inglês: **outliers**.

Podemos sempre comparar a mediana com a média, para sabermos o efeito que os **outliers** estão provocando na amostra. E podemos usar a "classe modal" para ver qual é a faixa de valores que tem mais ocorrências, nos dando uma visão de qual seria o valor típico a ser observado.

5.8 Medidas de dispersão

Medem a dispersão dos valores com relação à média. Vamos entender o que é isso de modo visual.

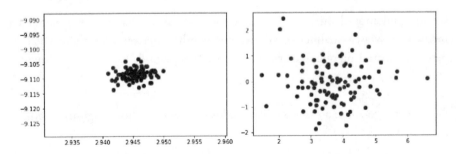

Figura 25: Comparação entre agrupamentos

Na figura, vemos dois gráficos de datasets. O da esquerda parece mais concentrado em torno de um ponto central, e o da direita, parece mais "espalhado", ou seja, sua dispersão é maior.

Vamos voltar ao exemplo dos pesos. Vamos supor que temos uma turma de alunos com estes pesos:

```
turma1 <- c(75.02786847, 56.51450656, 55.57517955, 62.00893933,
    82.82022277, 91.78076684, 71.53028442, 82.22315417,
    71.14621041, 76.27644453)
```

- Média: 72,490357705
- Mediana: 73,2790764451

Calma! Eu apenas criei uma variável chamada "turma1", que, por acaso, é um vetor, contendo os pesos de 10 alunos. Um vetor é uma variável multivalorada, com um valor para cada posição. Usamos a função "combine()" ou "c()" para criarmos vetores. Mais uma coisa: Em R usamos o ponto "." para separar casas decimais.

```
turma2 <- c(63.96213546, 51.00946728, 54.48449137, 53.62955058,
    61.62138863, 59.99119596, 57.61297576, 62.52220793,
    64.54041384, 63.95477107)
```

- Média: 59.3328597878
- Mediana: 60.8062922919

O que podemos deduzir dessas duas turmas? A média parece próxima da mediana... Mas, visualmente, verificamos que há uma variação maior entre os pesos da turma 1 do que os da turma 2, certo? Os pesos da turma 2 parecem estar mais "juntos".

Para saber algo sobre a dispersão dos dados é preciso conhecer algumas medidas de dispersão.

Amplitude

É a diferença entre o maior e o menor valor de um dataset. Vejamos as amplitudes das duas turmas:

- Turma 1: 36,21;
- Turma 2: 13,53.

Já ficou óbvio que na turma 2 os alunos possuem pesos mais próximos, logo a dispersão é menor. Só tem um problema: A amplitude é sensível aos "**outliers**".

Variância

Como podemos medir mais precisamente os desvios? A amplitude apenas considera o maior e o menor valor... Se fizermos um somatório de todos os desvios? Vamos reusar os datasets das turmas 1 e 2... A soma das diferenças entre cada peso e a média, no caso da turma 1, tende a zero:

```
print(sum((turma1 - mean(turma1))))
  6.394885e-14
```

Calma! Isso é R! É claro que vou explicar isso mais tarde...

Voltando à soma das diferenças entre cada peso e a média do dataset é zero. Bem, não está exatamente zero, mas é quase (problemas de arredondamento).

Porém, se elevarmos cada diferença ao quadrado, poderemos ter uma medida mais significativa, e podemos dividir pela quantidade de elementos, obtendo assim, a variância.

$$variância = \frac{\sum_{i=1}^{n}(x_i - média)^2}{tamanho}$$

No caso da turma 1 é aproximadamente **124,84** (variância da população) e na turma 2 é **21,40** (variância da população), o que confirma nossa suspeita de que os valores dos pesos da turma 2 estão mais juntos em torno da média.

Antes de continuarmos, precisamos conceituar corretamente a variância, pois há diferenças entre a variância da população e da amostra. No caso das turmas, cada turma é uma população, pois é o nosso alvo de estudo. Porém, se extraíssemos um subconjunto de cada turma, criaremos amostras.

Variância da população

$$\sigma^2 = \frac{\sum_{i=1}^{n}(x_i - \mu)^2}{N}$$

Conhecida por sigma ao quadrado é o somatório dos quadrados das diferenças entre cada elemento da população e a média populacional, dividido pela quantidade de elementos da população.

Variância da amostra

$$s^2 = \frac{\sum_{i=1}^{n}(x_i - \overline{x})^2}{(n-1)}$$

Além das diferenças simbólicas, note que dividimos o quadrado de cada diferença por (n -1), e não pelo tamanho da amostra (n). Isto é porque estamos lidando com uma subestimativa da média populacional. Isso é meio confuso, pois s^2 pode se referir:

- À estimativa da variância populacional, neste caso, dividimos pelo tamanho da amostra menos 1;
- À variância apenas da amostra, neste caso, dividimos pelo tamanho da amostra.

Entendeu a sutileza da diferença? Sempre que ouvir "variância da amostra" como estimativa com relação à população de onde foi tirada, então use o denominador (n – 1).

Atenção: Quando se tratar de população, use a fórmula da variância correspondente, dividindo por "n", quando se tratar da amostra, divida por "n -1". Isto é muito importante e pode levar você a cometer um erro grosseiro!

Desvio padrão

Esta é a medida mais utilizada quando analisamos erros em estimativas. O desvio padrão é a raiz quadrada da variância, simples assim! Porém:

- Desvio padrão da população: $\sigma = \sqrt{\sigma^2}$

- Desvio padrão da amostra: $s = \sqrt{s^2}$

Podemos interpretar o desvio padrão como o erro que cometeríamos na estimativa do peso médio, se substituíssemos um dos pesos reais pelo valor da média dos pesos. Isto é importante! É o desvio que a média tem dos valores reais! Vamos ver os desvios das duas turmas:

- Desvio da turma 1: **11,17**;
- Desvio da turma 2: **4,63**.

Mais uma vez, quando se tratar de desvio padrão da população, deve ser calculado com base na variância da população (tendo "n" como divisor), e, quando se tratar de desvio padrão da amostra, deve ser calculado com base na variância da amostra (tendo "n – 1" como divisor).

Não me canso de enfatizar isto... Mas você pode estar em dúvida quanto à distinção entre população e amostra, certo? Vamos lá:

- **População:** TODOS os elementos de um conjunto de dados, ou todas as ocorrências de um fenômeno em estudo;

- **Amostra:** PARTE dos elementos de um conjunto de dados, ou parte das ocorrências de um fenômeno em estudo.

Imagine um vetor com 20 elementos:

```
X [ 1.         1.47368421   1.94736842   2.42105263   2.89473684
```

```
 3.36842105   3.84210526   4.31578947   4.78947368   5.26315789
 5.73684211   6.21052632   6.68421053   7.15789474   7.63157895
 8.10526316   8.57894737   9.05263158   9.52631579  10.          ]
```

Se ele for a nossa população, temos as medidas:

```
n 20
variância 7.46052631579
desvio 2.7313964040009777
```

Agora, se ele for apenas uma amostra, então temos essas medidas:

```
n 20
graus de liberdade = 19
variância 7.85318559557
desvio 2.802353581468239
```

Você pode até considerar a diferença pequena, mas acredite: pode te fazer rejeitar ou aceitar hipóteses incorretamente.

5.9 Calculando as medidas centrais em R

Atenção: Notebook "medidas_centrais_dispersao".

Abra o notebook: "medidas_centrais_dispersao" e leia o código que está lá. Podemos calcular as medidas de tendência central de maneira fácil e prática com R:

```
# Vamos criar um vetor com pesos dos alunos:
a <- c(52,52,54,56,57,60,61,65,70,120)

# Exibindo o vetor inteiro (todas as posições):
print(a)

# Exibindo apenas a primeira posição (o peso da primeira pessoa: 52):
print(a[1])
```

```
# Exibindo apenas a décima posição (o peso da décima pessoa:
120):
print(a[10])

# Exibindo a quantidade de posições do vetor (10):
print(length(a))

# Calculando a Média manualmente (soma dos pesos / quantidade
de pessoas):
media <- sum(a) / length(a)
print(media)

# Usando a função "mean()":
print(mean(a))

# Calculando a mediana dos pesos:
mediana <- median(a)
print(mediana)

# Moda (R não tem uma função nos pacotes padrões):
# Criando uma função para calcular a moda:
calcMode <- function(v) {
  uniqv <- unique(v)
  uniqv[which.max(tabulate(match(v, uniqv)))]
}

# Invocando a função e calculando a moda do vetor (54):
moda <- calcMode(a)
print(moda)

# Mostrando um histograma com a distribuição dos pesos:
print(hist(a))
```

Criamos uma variável (um espaço na memória) chamado "a" e atribuímos a ela um vetor, contendo os pesos dos dez alunos, separados por vírgulas. Em R, usamos o operador seta ("<-") para inicializar variáveis. É possível substituir pelo sinal de igual ("="), mas é melhor se acostumar com a seta:

```
a <- c(52,52,54,56,57,60,61,65,70,120)
```

A partir deste momento, "a" é um vetor, como um vetor matemático, ela conterá posições. Cada posição contém o peso de um aluno associado:

- a[1] : Peso do primeiro aluno (52 kg);
- a[2] : Peso do segundo aluno (52 kg);
- a[5] : Peso do quinto aluno (57 kg);

Para calcular a média dos pesos, precisamos da soma dos pesos e da quantidade de alunos:

```
media <- sum(a) / length(a)
print(media)
```

Atribuímos à outra variável, chamada "media" (sem acentos mesmo), uma expressão matemática, formada pelo resultado da função "sum()" dividido pelo resultado da função "length()". A primeira, retorna o somatório dos pesos de todas as posições do vetor, cujo nome foi passado como parâmetro (a), e a segunda, retorna a quantidade de posições do vetor, cujo nome foi passado (a).

O comando "print()" mostra no console o resultado.

Funções

Além do "sum()" e do "length()", R possui várias funções prontas, como estas:

- mean(): Calcula a média;
- median(): Calcula a mediana;
- hist(): Desenha o histograma;

Porém, ele carece de uma função pronta para calcular a moda. Então, criamos uma função simples:

```
calcMode <- function(v) {
  uniqv <- unique(v)
  uniqv[which.max(tabulate(match(v, uniqv)))]
}
```

Não importam os detalhes agora, apenas entenda que esta função calcula a moda de um vetor. E podemos invocá-la como fazemos com qualquer outra função:

```
moda <- calcMode(a)
```

A diferença é que esta função "calcMode()" só existe dentro do nosso código-fonte.

Execute o código e estude-o muito bem. Tente calcular as medidas de tendência central de outras amostras de dados. Experimente com valores contínuos também.

5.10 Calculando as medidas de dispersão em R

Ainda no mesmo notebook ("medidas_centrais_dispersao"), vamos ver como calcular as medidas de dispersão.

Criar os vetores das duas turmas é fácil, e você já viu isso:

```
turma1 <- c(75.02786847, 56.51450656, 55.57517955, 62.00893933,
            82.82022277, 91.78076684, 71.53028442, 82.22315417,
            71.14621041, 76.27644453)
print(paste('Média da turma 1:',mean(turma1)))
print(paste('Mediana da turma 1:',median(turma1)))

turma2 <- c(63.96213546, 51.00946728, 54.48449137, 53.62955058,
            61.62138863, 59.99119596, 57.61297576, 62.52220793,
            64.54041384, 63.95477107)
print(paste('Média da turma 2:',mean(turma2)))
print(paste('Mediana da turma 2:',median(turma2)))
```

Temos que ver esta função "paste()", que serve para converter os parâmetros em caracteres e concatená-los, retornando um texto único. É assim que criamos uma mensagem composta pelo rótulo e o valor numérico.

Se quisermos exibir uma mensagem composta, a função "paste()" como parâmetro do comando "print()" é uma boa opção.

O que é esta função "c" (turma1 <-- c(...)) que usamos para criar os vetores? É a função "combine", que combina os parâmetros informados em um Vetor. Os parâmetros devem ter o mesmo tipo de dados.

Geramos os histogramas das turmas 1 e 2 com estes comandos:

```
hist(turma1)
hist(turma2)
```

A amplitude é calculada utilizando-se as funções "max()" (pega o maior valor) e "min()" (pega o menor valor):

```
ampTurma1 <- max(turma1) - min(turma1)
ampTurma2 <- max(turma2) - min(turma2)
```

A variância amostral é calculada utilizando-se a função "var()":

```
varTurma1 <- var(turma1) # amostra
varTurma2 <- var(turma2) # amostra
```

Lembre-se que a função "var()" calcula a variância amostral (dividindo por "n – 1"). Ah, e o caracter "#" significa que o resto da linha é comentário.

A variância populacional é calculada pela equação:

```
vPopT1 <- mean((turma1-mean(turma1))^2)
vPopT2 <- mean((turma2-mean(turma2))^2)
```

Para elevar ao quadrado, usamos o operador matemático "^".

Para calcular o desvio padrão amostral, usamos a função "sd()":

```
dTurma1 <- sd(turma1)  # amostral
dTurma2 <- sd(turma2)  # amostral
```

E, finalmente, para calcular o desvio padrão populacional, usamos esta equação:

```
dPopT1 <- sqrt(mean((turma1-mean(turma1))^2))  # populacional
dPopT2 <- sqrt(mean((turma1-mean(turma2))^2))  # populacional
```

CAPÍTULO 6

Analisando distribuições

Atenção → Abra o notebook: "distribuicoes" e acompanhe.

Bem, vimos muita coisa no capítulo passado e eu sei que pode ter sido apenas repetição para você, mas a triste verdade é que as faculdades, universidades e escolas Brasileiras falham muito na educação das pessoas, deixando de reforçar esses conceitos. Eu sei, porque sou professor há mais de 20 anos.

Existem outras técnicas estatísticas para analisarmos dados, que nos permitem tirar conclusões mais interessantes mesmo em populações e amostras muito grandes.

6.1 Frequências

Frequentemente, dividimos os valores em faixas ou classes, para facilitar nossa visualização. Isto é especialmente interessante quando temos dados contínuos (valores reais) ou categorias. Por exemplo, supondo que temos um dataset com os gastos mensais das famílias Brasileiras, como poderíamos analisá-lo? O valor do gasto é contínuo, logo, não adianta querer contar quantas famílias têm o mesmo gasto. Melhor seria criar classes de gastos, certo?

Se separarmos a faixa total de valores de gastos em classes, podemos contar quantas vezes uma família se encaixa naquela classe de gastos. Isto se chama frequência.

Segundo a Wikipedia:

"Em estatística, a frequência (ou frequência absoluta) de um evento i é o número n_i de vezes que o evento ocorreu em um experimento ou estudo. Essas frequências são normalmente representadas graficamente em histogramas."

Temos dois tipos básicos de frequência:

- Frequência absoluta: É a quantidade de vezes que determinado valor apareceu no dataset;

- Frequência relativa: É a razão, em percentual, da frequência absoluta pela quantidade de valores diversos.

Na verdade, há definições mais complexas, como esta, da Wikipedia:

- Frequências Absolutas: É uma quantidade média determinada e também consiste em saber qual é o maior número ou símbolo de maior equivalência. (ni) de uma variável estatística Xi, é a quantidade de vezes que esse valor aparece. Um tamanho maior da amostra aumentará o tamanho da frequência absoluta, ou seja, a soma de todas as frequências absolutas deve dar a amostra total(N).

- Frequência Relativa (fi), é a razão entre a frequência absoluta e o tamanho da amostra (N). Decidida como, sendo assim fi para todo o conjunto i. Apresenta-se em uma tabela ou nuvem de pontos em uma distribuição de frequência.

Hmmm... Talvez fique melhor com um exemplo, não?

Vamos supor uma lista de pedidos de uma loja:

	marca	número	quantidade
0	XPTO	1029	50
1	ABCD	3233	50
2	XPTO	5455	50
3	ABCD	1234	50
4	TXWZ	7654	50
5	XPTO	8765	50
6	TXWZ	4354	50
7	XPTO	9089	50
8	XPTO	1031	50

Ok, agora, qual seria a marca que aparece em mais pedidos? Qual a marca com maior **frequência absoluta**?

```
XPTO    5
ABCD    2
TXWZ    2
```

Como podemos constatar, a marca "XPTO" é a que possui maior frequência absoluta, pois aparece em mais pedidos. Agora, vejamos as frequências relativas:

```
XPTO    0.555556
ABCD    0.222222
TXWZ    0.222222
```

A marca XPTO tem uma frequência relativa de aproximadamente 56%.

6.2 Histogramas

Um histograma é um gráfico das frequências dos elementos de um dataset. É claro que existem definições mais complexas do que esta, mas é a mais simples possível.

Mas um histograma pode ser um pouco mais difícil de entender, então vamos criar outra série de dados, digamos, a quantidade de itens comprados por pessoas em nossa loja:

```
compras <- c(1,1,1,3,3,5,5,6,6,6,6,7,8,8,9,9,9,9,10,10,10,11,13
,14,14,15,15,15,15)
```

Veja que são apenas as quantidades compradas por cliente, em ordem ascendente. Do primeiro ao terceiro cliente, todos compraram apenas uma única coisa. Agora, calculamos a amplitude total, que é 14. E vamos tentar dividir em classes de igual amplitude. Não vai ficar exato, mas dá para chegar perto. Eu calculei 6 classes:

Classe	Frequência
(0, 3]	5
(3, 6]	6
(6, 7]	1
(7, 10]	9
(10, 13]	2
(13, 15]	6

Agora, podemos criar o gráfico, colocando as classes no eixo das abscissas e a frequência nas ordenadas:

```
# Histograma com classes aproximadamente de igual amplitude:
hist(compras, breaks = c(0,3,6,7,10,13,15), freq = TRUE)
```

Em vez de usar a configuração padrão da função "hist()" eu forcei a barra para usar os meus limites (argumento "breaks"), pois isto faz o histograma ficar do jeito que eu quero. Pode comparar com o padrão, que está no notebook.

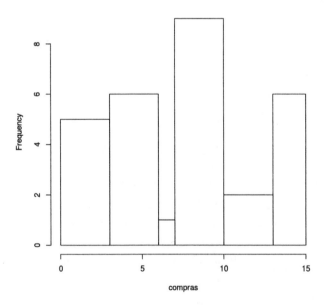

Figura 26: Histograma

O que notamos logo nesse gráfico? Que ele parece ter uma forma de sino ou de montanha, exceto pelas duas classes "(6,7]" e "(10,13]" que estão destoando. Não fosse por isto, ele teria uma curva suave que sobe até a classe "(7,10]" e desce até a classe final.

Eu calculei 6 classes porque olhei bem os valores e vi que daria para agrupá-los nessas classes, de acordo com o que seria esperado. É um trabalho manual criar um histograma que capture bem a realidade.

O histograma é muito sensível à quantidade de classes em que você divide a amostra. Por exemplo, uma divisão menos cuidadosa resultaria em algo assim:

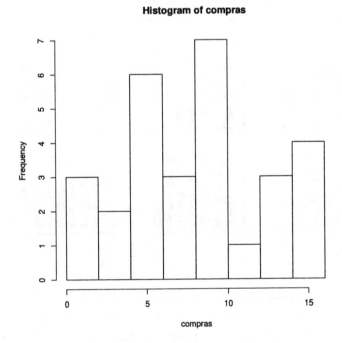

Figura 27: Histograma padrão

Nesta segunda figura, usamos classes geradas automaticamente. Veja que ainda podemos ver a curva ascendente, só que parece que o dataset está pior distribuído.

Interpretando histogramas

Se você construir seu histograma com muitas classes, aumentará o ruído, com poucas classes, diminuirá o ruído, então, o acerto da quantidade de classes e a distribuição dos valores deve ser feito com cuidado para que o gráfico espelhe a realidade.

Se for criado desta forma, é possível tirar algumas conclusões interessantes a partir de um histograma. Por exemplo, observando o da figura 1, repetida aqui, vemos que ele tem uma só classe modal e parece ser simétrico em torno dela.

Porém, notamos que ele dá uma ligeira "escorregada" para a esquerda, ou seja, nas barras mais à esquerda, a frequência é maior do que nas da direita. Vamos ver outros formatos de histogramas:

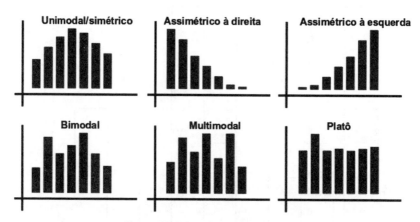

Figura 28: Formatos de histogramas

O ideal é que haja uniformidade, unimodalidade e simetria em seu histograma. Dependendo do que você esteja analisando, a assimetria (veremos mais adiante) pode revelar problemas, a não ser que seja realmente esperado. Por exemplo, supondo que as classes sejam os meses (contando a partir do lançamento) e as alturas sejam a quantidade de vendas de um produto novo, então é esperada uma assimetria à direita, pois uma novidade tende a vender mais nos períodos próximos ao seu lançamento.

É importante analisar o histograma para futuramente criar um modelo preditivo dos dados, logo, a simetria é importantíssima para isto. Pode ser que os dados sejam naturalmente assimétricos, daí a importância de construir um histograma corretamente.

A repetição de picos, ou multimodalidade, pode representar algumas coisas interessantes. Por exemplo, dois picos (bimodal) pode significar que você tem, na verdade grupos diferentes de dados ocorrendo. Supondo que as classes sejam os horários do dia, e as alturas sejam a quantidade vendida, pode ser que você tenha dois grupos separados de clientes (manhã e tarde).

E o histograma pode revelar outros problemas, como *"outliers"*:

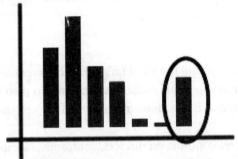

Figura 29: Histograma com "outliers"

O platô ocorre quando as frequências das classes são muito parecidas, evidenciando que há várias médias diferentes na sua distribuição. Talvez uma melhor amostragem ou divisão em classes mais cuidadosas possa resolver o problema.

6.3 Distribuição de probabilidades

Além de estudar o passado, a estatística também nos auxilia a estudar o futuro, ou as probabilidades de ocorrências de eventos, através da construção de modelos preditivos.

Por exemplo, estudando as variáveis estatísticas de um dataset, como os pedidos dos clientes de uma loja virtual, é possível deduzir seus hábitos de consumo e até criar um modelo que nos permita predizer quanto será vendido e de quais itens.

Para isto, temos que falar um pouco sobre probabilidades.

6.4 Probabilidade

Probabilidade é um valor contínuo que nos diz a chance de ocorrência de determinado resultado entre vários outros, de um conjunto de resultados possíveis. Vamos recorrer a um dado (sim, desses que você usa em jogos). Um dado tem 6 faces, numeradas de 1 a 6. Qual é a probabilidade de você lançar um dado e sair um número 4?

- Número de faces: 6;
- Faces que nos interessam: 1 (aquela que contém o número 4);
- Probabilidade de sair um 4: 1/6 ou aproximadamente 17%.

Variável aleatória

Uma variável aleatória possui um valor único para cada resultado de experimento ou observação. Vamos supor que estejamos estudando o peso dos alunos de uma turma. Podemos selecionar um aluno aleatoriamente e verificar seu peso.

Uma variável pode ser contínua ou discreta, conforme já vimos anteriormente.

Selecionando um aluno da turma, qual a probabilidade de seu peso ser próximo da média? Para estudar a distribuição dos pesos, e fazer predições, podemos criar uma distribuição de probabilidades com nossas variáveis aleatórias.

Vamos voltar ao dado, neste caso, nossa variável aleatória é o número da face que ficará do lado de cima do dado, após nós o jogarmos. Como já vimos, cada face tem cerca de 17% de chance de ficar do lado de cima (1/6).

O conjunto dos valores possíveis que nossa variável aleatória pode assumir é: {1,2,3,4,5,6}. Cada valor tem a mesma chance de aparecer. Chamamos a probabilidade de nossa variável aleatória assumir cada valor de "P".

Cada valor tem a mesma chance de ocorrer, logo, a soma das probabilidades de todos os valores ocorrerem deve ser igual a 1:

$$\sum P(x) = 1$$

É simples de demonstrar... Cada valor tem 1/6 de probabilidade de ocorrer, logo:

$$\frac{1}{6} + \frac{1}{6} + \frac{1}{6} + \frac{1}{6} + \frac{1}{6} + \frac{1}{6} = \frac{6}{6} = 1$$

Da mesma forma, a probabilidade de um valor ocorrer deve ser um número entre 0 e 1.

Distribuição de probabilidades

Podemos atribuir probabilidades a cada valor possível de uma variável aleatória, criando, desta forma uma distribuição de probabilidades de cada valor ocorrer.

Se estivermos falando de variáveis discretas, usaremos uma **Função massa de probabilidades** (Probability Mass Function) para associar cada valor possível a uma probabilidade. Isto é conhecido como PMF.

Se estivermos falando de variáveis contínuas, usaremos uma **Função de densidade de probabilidades** (Probability Density Function), que diz a probabilidade relativa da variável assumir um valor dado. Isto é conhecido como PDF.

Valor esperado

Você verá muito este termo. Quando estamos estudando um fenômeno, expresso através de uma variável aleatória, estamos interessados no seu valor central, ou sua média. Chamamos essa média de "valor esperado" ou "esperança" da variável aleatória. Por exemplo:

- Você está esperando um determinado ônibus. Olha para o relógio, vira-se para a pessoa ao lado e pergunta: "Quanto tempo este ônibus demora para passar aqui?" A variável aleatória é o tempo de espera (ou o período de espera). A pessoa responde: "Passa de 15 em 15 minutos." Então, sabendo que o último ônibus acabou de passar, você se concentra no valor esperado de 15 minutos;

- Um cliente típico da nossa App móvel adquire um produto a cada 50 acessos. Logo, você espera que, ao chegar perto de 50 acessos, os clientes adquiram produtos.

6.5 Modelos probabilísticos discretos

Se estamos estudando um fenômeno, cuja variável aleatória é discreta, então temos alguns modelos de distribuições de probabilidade, que nos ajudam a entender e criar modelos preditivos. Vamos ver dois modelos de eventos probabilísticos muito comuns: Binomial e Poisson.

Distribuição binomial

Antes de falarmos sobre distribuição binomial, é preciso apresentar o conceito de **"Tentativa de Bernoulli"**, que consiste em um experimento com somente dois resultados possíveis: Sucesso ou Falha, mas que também pode ser traduzido em: "Sim" e "Não" ou "Verdadeiro" e "Falso". Por exemplo:

1. A próxima pessoa a entrar no ônibus é Mulher;
2. O cliente comprou o produto "A";
3. O dado deu um número par;

A Wikipedia explica bem esse tipo de fenômeno (https://pt.wikipedia.org/wiki/Tentativa_de_Bernoulli). Entendemos "p" como a probabilidade de resultado positivo do experimento ("Verdadeiro", "Sim" ou "Sucesso"), logo, dizemos que "p" é o **valor esperado** da nossa predição. Note que, em um experimento deste tipo (binário) só pode haver dois resultados: "0" e "1", logo, o desvio padrão da nossa amostra de experimentos será:

$$\sqrt{p(1-p)}$$

A PMF desta distribuição é dada pela fórmula:

$$P[X=k] = \binom{n}{k} p^k (1-p)^{n-k}$$

Dados:

- "n" = Quantidade de vezes que o experimento foi repetido (tamanho da amostra);
- "k" = Quantidade de sucessos (ou fracassos);
- "p" = Probabilidade de sucesso (ou fracasso) em cada experimento;

Exemplo:
Esta questão caiu em um exame de concurso público:

"Em um determinado município, 70% da população é favorável a um certo projeto. Se uma amostra aleatória de cinco pessoas dessa população for selecionada, então a probabilidade de exatamente três pessoas serem favoráveis ao projeto é igual a"

- "n" = 5 (quantidade de casos);
- "k" = 3 (casos de sucesso);
- "p" = 0,7 (70% são favoráveis).

$$P[X=3] = \binom{5}{3} 0,7^3 (1-0,7)^{5-3}$$

A resposta é 0,3087 ou 31%

$$P[X=5] = \binom{12}{5} 0,5^5 (1-0,5)^{12-5}$$

Podemos pensar em casos repetitivos, por exemplo, se jogarmos uma moeda 12 vezes para cima, qual é a probabilidade de dar 5 "caras"?

A resposta é 0,193359375 ou 19%.

E se repetirmos essa experiência 100 vezes? Qual seria a probabilidade de sair 1 "cara", 2 "caras" etc.? Podemos montar uma distribuição de probabilidades:

```
x <- dbinom(0:100,size=100,prob=0.5)
barplot(x)
```

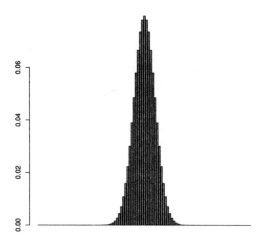

Figura 30: Distribuição

Distribuição de Poisson

É um tipo de fenômeno muito comum, que descreve situações onde temos muitas observações e a probabilidade de cada uma delas é muito pequena. Podemos dizer que na distribuição de Poisson, queremos saber o número de casos em um determinado intervalo, que pode ser espaço ou tempo. Por exemplo, acontecimentos ao longo do tempo, como a ocorrência de novos casos de câncer de pele em um período de tempo.

Na distribuição de Poisson usamos como parâmetro λ (lambda) que representa a taxa de ocorrência do evento. A fórmula da função de probabilidades é:

$$P(X=k) = \frac{e^{-\lambda} \lambda^k}{k!}$$

```
«e» = base do logaritmo natural
```

Para considerarmos a distribuição de Poisson, temos algumas condições básicas:

1. A taxa média λ é constante ao longo do tempo;
2. As repetições de ocorrências são independentes, entre períodos diferentes de tempo.

Vamos a um exemplo. Em nossa loja virtual, temos 6 clientes a cada hora. Qual é a probabilidade de termos apenas 3 clientes em determinada hora?

Resposta: 0,0892 ou 8,92%

E podemos repetir essa observação, criando um gráfico de distribuição. Vamos supor que observamos a quantidade de clientes por 1.000 horas, poderíamos ter essa contagem:

Observações	Qtd Clientes
1	16
1	15
2	14
5	13
5	0
7	12
13	1
31	11
36	2
37	10
82	9
104	3
105	8
121	4
131	7
159	5
160	6

Uma hora, em 1.000, tivemos 16 clientes na loja, e 160 horas (em 1.000), tivemos 6 pessoas na loja.

6.6 Modelos probabilísticos contínuos

Bem, neste caso, a variável aleatória do fenômeno que estamos estudando é contínua, como peso, velocidade ou custo.

Distribuição uniforme

A distribuição uniforme é muito importante para o estudo de fenômenos, e pode ser entendida como um experimento com um número finito de resultados, todos com chances iguais de acontecerem.

Vamos supor, um servidor que tenha probabilidade uniforme de dar pane em 30 dias de uso contínuo. Qual a probabilidade dele dar pane em uma semana de uso?

Se a distribuição de probabilidades de pane é uniforme, então ele tem a mesma chance de dar pane nos primeiros 3 dias?

A probabilidade de dar pane em qualquer um dos 30 dias é uniforme, logo, o gráfico seria algo assim:

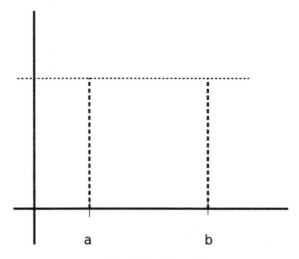

Figura 31: Distribuição uniforme

A função de densidade de probabilidade é dada por:

CAPÍTULO 6 Analisando distribuições • 81

$$f(x) = \begin{cases} \dfrac{1}{(b-a)}, a \leq x \leq b \\ 0, outros\ casos \end{cases}$$

Vamos supor o caso do Servidor, onde a=0 e b=30, logo a função de densidade seria: 1/30. Para calcular a probabilidade de ocorrência em qualquer subintervalo de [a.b], usamos a fórmula:

$$P(c \leq X \leq d) = \int_c^d f(x)dx = \dfrac{(d-c)}{(b-a)}$$

Calma! Não se assuste! Você não terá que calcular integrais, pois as ferramentas já fazem isso para você. Neste caso, seria algo assim:

$$P(0 \leq X \leq 3) = \int_c^d f(x)dx = \dfrac{(3-0)}{(30-0)}$$

O resultado seria 3/30 = 0,1 ou 10%. Meio óbvio, não? O interessante é que podemos observar uma distribuição e verificar se ela é uniforme.

Distribuição normal ou Gaussiana

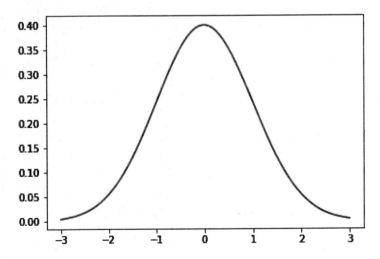

Figura 32: Distribuição normal com média zero

Certamente, você já viu um gráfico parecido com esse:

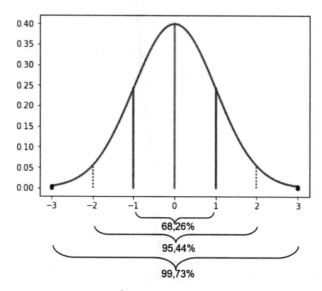

Figura 33: Áreas da distribuição normal

Esta distribuição é importante porque muitos fenômenos naturais seguem esse mesmo modelo. Na figura, vemos um gráfico de distribuição normal padronizada, com μ = 0 e σ = 1. Para obtermos esse gráfico a partir de uma variável contínua aleatória X, precisamos usar a fórmula:

$$z = \left(\frac{(x-\mu)}{\sigma}\right)$$

Existem algumas áreas na distribuição normal que caracterizam a nossa população:

As áreas possuem concentrações de elementos:

- 68,26% dos elementos encontram-se na área com até 1 desvio padrão da média;

- 95,44% dos elementos encontram-se na área com até 2 desvios padrões da média;

- 99,73% dos elementos encontram-se na área com até 3 desvios padrões da média.

A importância da distribuição normal (ou Gaussiana) é dada pelo **Teorema Central do Limite**. Este teorema indica que, quando se aumenta o tamanho da amostra, a distribuição da média dos valores se aproxima da distribuição normal, mesmo que, originalmente, a distribuição da população de ocorrências não siga a distribuição normal.

Atenção: Normalmente assumimos a distribuição normal quando a variância da população (σ^2) é conhecida. Caso contrário, assumimos a distribuição T de Student (veremos mais adiante).

A função de densidade de probabilidade (PDF) da distribuição normal é:

$$f(x) = \frac{1}{\sqrt{2\pi\sigma^2}} \exp\left(\frac{-1}{2}\left(\frac{x-\mu}{\sigma}\right)^2\right)$$

Vamos dar um exemplo:

Em um grupo de 500 alunos adolescentes de uma escola, foram colhidos seus pesos. Plotamos um histograma com esses pesos:

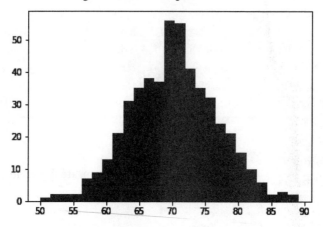

Figura 34: Histograma

Sabemos que a média é de 70 kg, e o desvio padrão é 6,5. Agora, vamos ver se esta distribuição se aproxima da distribuição normal:

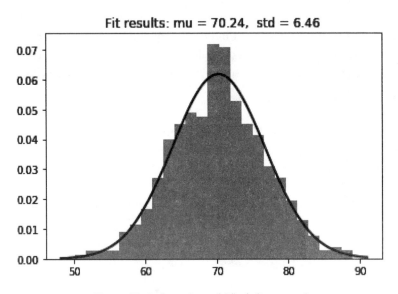

Figura 35: Aplicando a distribuição normal

Vemos que o histograma dos pesos se aproxima da distribuição normal, logo, podemos concluir que a maioria dos alunos pesa entre 70 +- 6,5 Kg, ou, entre 63,5 kg e 76,5 kg.

Existem muito mais modelos de distribuições de variáveis contínuas, como:

- Qui-quadrado;
- T de Sudent;
- Gama;
- Beta:
- Log-normal;
- Logística;

6.7 Curtose e assimetria

Quando temos uma distribuição de probabilidades ou mesmo um dataset com amostras, existem duas medidas que são muito interessantes:

- Curtose (**Kurtosis**): O quão "pontuda" ou "achatada" é a distribuição;
- Assimetria (**Skewness**): A medida da simetria da distribuição em torno da média.

É mais fácil ver do que falar...

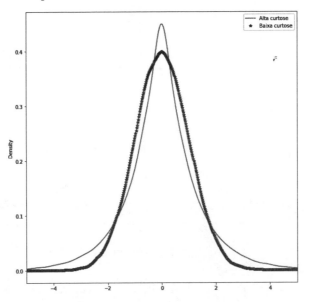

Figura 36: Alta e baixa curtose

Com relação à curtose, uma distribuição pode ser:

- Curtose próxima de zero: Mesocúrtica;
- Curtose maior que zero: Leptocúrtica (pontuda);
- Curtose menor que zero: Platicúrtica (achatada).

A interpretação sobre o valor da curtose é controverso, mas existem alguns pontos de vista importantes. Há a impressão de que a distribuição é "pontuda", mas esta visão pode ser equivocada, pois o que acontece, na verdade, é que os extremos da distribuição estão se juntando no meio. Uma distribuição com alta curtose pode ser causada por poucos pontos de grande desvio, ao contrário de muitos pontos com desvio menor.

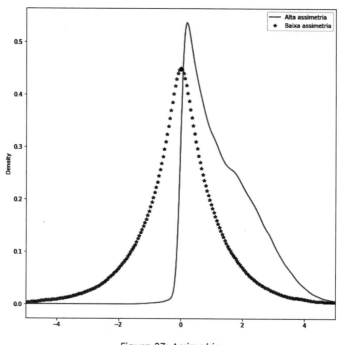

Figura 37: Assimetria

Já a assimetria ocorre quando a distribuição não é centrada em torno da média, como vemos na figura. A linha contínua, uma "cauda" mais comprida à direita do que à esquerda. Podemos avaliar a assimetria assim:

- Assimetria > 0: Mais valores acima da média à direita (cauda maior à direita);
- Assimetria < 0: Mais valores acima da média à esquerda (cauda maior à esquerda);

O que significa a assimetria **positiva** (direita)? Que há mais valores mais altos que a média (a cauda). Já a assimetria **negativa** significa que há mais valores menores que a média.

CAPÍTULO 7

Técnicas de Data Science aplicadas

Bem, a esta altura do livro, você pode estar um pouco confuso com a quantidade de coisas que vimos até agora. É o momento de ver quais são as principais técnicas de Data Science e como as aplicamos nos nossos problemas, sejam eles de negócios ou de pesquisa científica.

Vamos recordar aquela figura que eu apresentei em um capítulo anterior:

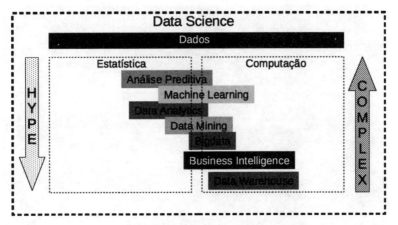

Figura 38: Data science hype

O trabalho de Data Science é, na verdade, a colaboração de diversas áreas e profissionais, produzindo análises e modelos preditivos.

Por exemplo, temos um conceito um pouco mais antigo que é o de BI – Business Intelligence, cujo objetivo é fornecer informações importantes sobre o desempenho de um negócio, com base em seu histórico de transações. Segundo esse conceito, o BI observa o passado para tentar melhorar o futuro.

Mas nós já vimos isso, não?

O que precisamos ver agora é como as técnicas de Data Science podem ser aplicadas às questões da realidade.

7.1 O universo de técnicas de Data Science

Realmente, há um conjunto enorme de técnicas de Data Science, em vários domínios do conhecimento, e é difícil modelar quais seriam eles, ou como se relacionam.

Um artigo muito interessante, com um infográfico mais interessante ainda, foi criado por *Swami Chandrasekaran*, em seu blog: "Pragmatic Perspectives" (http://nirvacana.com/thoughts/becoming-a-data-scientist/):

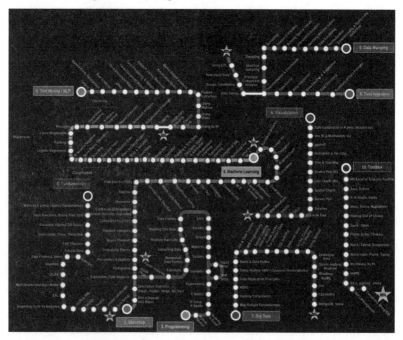

Figura 39: Mapa do conhecimento de data science

Neste capítulo veremos algumas das técnicas mais relevantes com exemplos de aplicação.

7.2 Estudo de distribuições

Esta é uma técnica que estuda os fenômenos, com base na distribuição de probabilidades de suas variáveis aleatórias. Coletar amostras e estudar qual é a distribuição de probabilidades que melhor os descrevem, é uma aplicação importantíssima de Data Science.

Vamos ver alguns exemplos:

- Estudar a variação de papéis na Bolsa de valores;
- Estudar a probabilidade de falhas em equipamentos de Tecnologia da informação;
- Estudar as ocorrências de câncer de mama em determinada população.

Saber se determinada amostra se enquadra em determinada distribuição ajuda a confirmar uma hipótese e, posteriormente, tomar decisões.

As técnicas mais utilizadas para estudar distribuições são:

- Ajuste de curvas (curve fitting): É o processo de construir uma curva que melhor se encaixe nos pontos de uma série de dados;

- Distribuições de probabilidade: Modelos estatísticos de variáveis aleatórias, sejam discretas ou contínuas;

- Testes de distribuições: Avaliam se as amostras (ou sua função) se encaixam em uma distribuição. Exemplos: Kolmogorov – Smirnov, Pearson, entre outros.

Atenção → Notebook: "capt7"

Um exemplo simples de teste é avaliação de normalidade de distribuição de probabilidade de uma amostra, por exemplo:

shapiro.test(rnorm(100, mean = 5, sd = 3))

Shapiro-Wilk normality test

data: rnorm(100, mean = 5, sd = 3)

W = 0.97787, p-value = 0.09066

O teste de Shapiro-Wilk avalia se uma distribuição se aproxima da normalidade. O valor p-value (veremos mais tarde) deve ser menor que 0,1.

7.3 Estudo de correlação

O estudo de correlação visa entender o relacionamento entre duas variáveis aleatórias, seja ele correlação, dependência ou associação.

Como explicamos no capítulo 5, a correlação é algo perigoso e pode gerar uma "falácia causal", na qual assumimos que a correlação entre duas variáveis implica relação de causa e efeito.

Vamos a um exemplo: As alturas e pesos das crianças de determinada comunidade.

O objetivo de um estudo deste é buscar a correlação entre duas variáveis aleatórias, representando fenômenos observados. Neste estudo, usamos técnicas diversas, entre elas:

- Coeficiente de correlação de Pearson, que estuda a medida e o sentido em que duas variáveis aleatórias se associam linearmente;

- Correlação de postos de Spearman (Spearman rank correlation), mede a relação entre variáveis de forma não linear;

- Coeficiente de determinação (R2), que mede a proporção da variância na variável dependente é predizível pela variável independente;

7.4 Análise de regressão

Análise de regressão é uma técnica que permite estudar o relacionamento entre duas ou mais variáveis, criando um modelo explicativo desse relacionamento. Uma variável é chamada de "dependente", e é o alvo da análise, as outras são chamadas de "independentes".

O objetivo da regressão é chegar a um modelo que retorne o valor (contínuo) de uma variável aleatória dependente, baseado nas variáveis independentes. Para isto, é preciso calcular a sua equação.

A regressão pode ser **linear simples,** se queremos estudar a relação de uma variável dependente e uma variável independente, como vimos no capítulo anterior. Agora, se queremos estudar o relacionamento de uma variável dependente com múltiplas variáveis independentes, então temos uma **regressão linear múltipla** (ou multivariada).

A regressão também pode ser não linear, se a dependência seguir outro tipo de curva (exponencial, trigonométrica etc.).

As técnicas utilizadas são:

- Método dos mínimos quadrados, que é uma técnica de otimização para encontrar os parâmetros que melhores resultados proporcionam ao modelo;

- Coeficiente de determinação (já vimos);

- Teste de significância dos coeficientes: Testamos que os coeficientes das variáveis independentes são significativamente diferentes de zero.

7.5 Classificação

Classificação é uma técnica que procura um modelo para classificar elementos de amostras. Em outras palavras, é um modelo que permite saber se um elemento pertence a uma classe. Se existirem apenas duas classes (sim/não, verdadeiro/falso), então é uma questão de **classificação binária**.

Classificação já entra um pouco na área conhecida como: Aprendizado de máquina (ou "Machine Learning"), que são técnicas baseadas em otimizações de parâmetros. Neste tipo de técnica, usamos uma parte dos dados para "treinar" o modelo e outra para testá-lo.

Exemplos de problemas de classificação:

- Um e-mail é "spam"? (binária);
- Qual é o número representado em uma imagem (multiclasse);

Existem várias técnicas para problemas de classificação, como:

- Regressão logística: É uma técnica de regressão que produz um modelo capaz de prever dois valores: 0 e 1;

- Support Vector Machine: Uma técnica que utiliza diversos algoritmos, sendo capaz de fazer classificações lineares ou não;

- Árvores de decisão (Decision trees): É uma técnica que modela os possíveis valores (rótulos) que um item pode ter, e a conjunção dos fatores que levam a estes valores;

- Redes neurais (ANN): Modelam a maneira como o cérebro funciona, com camadas de "neurônios", com funções de ativação.

7.6 Agrupamentos (cluster analysis)

Esta é uma parte bem interessante do trabalho de Data Science e permite classificarmos os elementos de uma amostra em grupos de características similares. Isso é feito sem treinamento, logo, são problemas chamados de "**unsupervised machine learning**" (aprendizado de máquina não supervisionado). Em outras palavras, não "treinaremos" nosso modelo, e ele terá que agir com base nos dados reais.

Problemas típicos de agrupamento incluem:

- Classificação de consumidores para entender a segmentação do Mercado;
- Redes sociais, para entender grupos de pessoas com mesmas características;
- Processamento de imagens, para reconhecer objetos;
- Medicina de imagem, para reconhecer diferenças entre os tecidos.

E as técnicas típicas de agrupamentos são:

- **k-means:** divide "n" observações em "k" grupos, nos quais cada observação "pertence" ao grupo com a média mais próxima;

- **DBSCAN** (Density-based spatial clustering of applications with noise): É um algoritmo baseado em densidade, que agrupa os pontos que estão próximos;

CAPÍTULO 8

Inferência estatística

Atenção → *Notebook: "inferenciaR".*

Calma! Eu sei que o título parece assustador, porém, na verdade, estamos mais acostumados com inferências estatísticas do que você pensa. Vemos isso quase todo dia, seja na mídia impressa ou falada.

Precisamos conceituar um pouco as coisas porque você usará inferência em seus trabalhos de Data Science.

Procurarei ser o mais simples possível, afinal de contas, este não é um trabalho acadêmico.

Sempre que possível, mostrarei diretamente como se faz em R, logo, você terá uma referência para consultar mais tarde.

Relaxe e procure entender a ideia geral.

8.1 Estimar uma população com base em uma amostra

Isso é perigoso, mas é o que a inferência estatística faz: Estimar parâmetros (média, desvio etc.) de uma população, com base em uma amostra.

Estamos estudando e aplicando probabilidades, logo, fazer afirmações é algo extremamente perigoso, podendo levar pessoas e empresas a cometerem enganos terríveis. Quer um exemplo?

"Ovos fazem mal à saúde"

Quantas vezes ouviu esta afirmação? Certamente com algumas "comprovações" científicas, certo? Porém, de um tempo para cá, as pesquisas mudaram... Agora, ovos deixaram de ser os vilões e podem até fazer bem à sua saúde. Fato igualmente confirmado por pesquisas científicas.

Na minha opinião, muitas pesquisas "científicas" carecem de rigor matemático e de aplicação de técnicas estatísticas corretas, levando os pesquisadores a fazerem afirmações com pouca ou nenhuma evidência estatística.

Vamos a um pequeno exemplo, para podermos entender:

Em determinada cidade, a prefeitura disse que as famílias ali residentes teriam, em média, 2 filhos em idade escolar.

Como eles chegaram a este número? Fizeram uma pesquisa? Qual foi o tamanho da amostra? Qual a confiança que temos que essa média é representativa?

Para confirmar ou rejeitar essa afirmação, precisamos fazer um estudo estatístico, e utilizar a inferência para estimar o parâmetro "média" da quantidade de filhos em idade escolar por família residente na cidade.

Os passos seriam:

1. Coletar uma amostra significativa de quantidade de filhos em idade escolar por família;
2. Calcular uma "estimativa pontual" da média e do desvio padrão amostral;
3. Verificar o intervalo de confiança;
4. Calcular a margem de erro;
5. Verificar se a estimativa inicial (2 filhos por família) se encaixa nessa margem.

Assim, utilizando inferência, podemos verificar o quão perto ou distante da média real a estimativa da Prefeitura está.

CAPÍTULO 8 Inferência estatística • 97

Vamos dizer que coletamos dados de 50 residências, espalhadas igualmente pela cidade:

amostra <- c(3, 2, 2, 2, 1, 2, 2, 2, 2, 3, 1, 2, 1, 2, 2, 0, 1, 2, 2, 1, 2, 1, 1,2,2, 3, 2, 1, 2, 3, 4, 1, 1, 2, 1, 1, 1, 2, 3, 0, 2, 2, 1, 2, 3, 3,

2, 2, 3, 2)

Cada número representa a quantidade de filhos em idade escolar de uma família.

A estatística descritiva dessa amostra é:

```
install.packages('moments',repos='http://cran.us.r-project.org')
library('moments')

media = mean(filhos)
desvio = sd(filhos)
print(paste('Média:',media))
print(paste('Desvio:',desvio))
print(paste('Assimetria:',skewness(filhos)))
print(paste('Curtose:',kurtosis(filhos)))
print(summary(filhos))

[1] "Média: 1.84"
[1] "Desvio: 0.817162836918577"
[1] "Assimetria: 0.072175428198334"
[1] "Curtose: 3.09005206807707"
   Min.  1st Qu.  Median   Mean  3rd Qu.   Max.
   0.00    1.00    2.00    1.84    2.00    4.00
```

Notou algo diferente? Sim! Há duas células com comandos "estranhos":

- install.packages('moments',repos='http://cran.us.r-project.org');
- library('moments');

Nem todas as funções que usaremos estão "embutidas" no R. Algumas foram desenvolvidas por terceiros, e devemos instalar em nosso ambiente antes de utilizar. O comando "install.packages" faz isso.

Depois, precisamos fazer uma referência à biblioteca que baixamos através do comando "library".

E por que tive que fazer isto? Porque as funções **"skewness"** e **"kurtosis"** estão no pacote "moments", que deve ser instalado e referenciado separadamente.

Para inferimos um parâmetro da população, como a média, precisaremos supor uma distribuição de probabilidades, para utilizarmos como modelo estatístico da população. De acordo com o Teorema Central do Limite, em amostras grandes a distribuição de probabilidades se aproxima da normal. Podemos usar a distribuição normal **se soubermos a variância da população**, o que geralmente desconhecemos, então, usamos a distribuição T de Student.

Para simplificar, neste primeiro exemplo, vou usar a distribuição normal, porém, como a variância da população é desconhecida, **o mais correto seria utilizar a distribuição T de Student.**

Agora, vamos estabelecer um intervalo de confiança para a estimativa da média. Podemos usar 90%, 95% ou 99%, por exemplo. Vou optar por 95%. Então, eu tenho que calcular a área na distribuição normal, onde a média deixa de ser válida, que seria: 0,025, para ambos os lados.

Preciso encontrar os pontos no eixo x (z-scores) que delimitam essas áreas. Eles seriam: -1,95996398454 e 1,95996398454. Você pode procurar em qualquer tabela de distribuição normal, ou usar o seguinte código R:

```
z1 <-qnorm(0.025)
z2 <- qnorm(0.975)
print(paste('Zscore esquerdo:',z1))
print(paste('Zscore direito:',z2))
```

```
[1] "Zscore esquerdo: -1.95996398454005"
[1] "Zscore direito: 1.95996398454005"
```

Temos que "pular" 25% da esquerda e ir até 97,5%, deixando os últimos 25% livres. Estes dois pontos delimitam o intervalo de confiança de 95%. Para outros níveis de confiança use:

- 90%: Pulamos 5% (0,05) da esquerda e pegamos até 95% (0,95);
- 99%: Pulamos meio por cento (0,005) e pegamos até 99,05% (0,995);

O que são estes "z-scores"? Eles delimitam a região crítica, dentro do intervalo de confiança (95%). Vamos plotar a distribuição normal para ver? Eis os comandos em R (Tenha calma, pois vou explicar depois):

```
# Plotando a distribuição normal e o intervalo de confiança:
x <- seq(-3,3,length=500)
y <- dnorm(x,mean=0, sd=1)
plot(x,y, type="l", lwd=2, main = 'Distribuição normal padrão')

# Calculando os limites do intervalo de confiança de 95%:
lines(c(0,0),c(0,dnorm(0)))
lines(c(z1,z1),c(0,dnorm(z1)))
lines(c(z2,z2),c(0,dnorm(z2)))
```

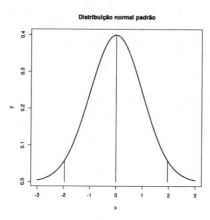

Figura 40: Distribuição normal padrão

As linhas verticais à esquerda e direita delimitam a região onde a média deve estar. Se encontrarmos médias fora desta região, por exemplo, nas "caudas" do "sino", então há algo errado.

Se a média estiver antes da primeira linha vertical no gráfico, ou depois da terceira linha vertical, então há algum erro. Se estiver entre as duas linhas verticais das pontas, então está dentro do intervalo de confiança.

A margem de erro seria calculada a partir destes pontos (-1,95996398454 e 1,95996398454), que daria: **0,22650182016**. Então, temos o intervalo de confiança subtraindo e somando essa margem à média da amostra: entre **1,61349817984 e 2,06650182016**.

A margem de erro é calculada pela fórmula:

Podemos usar o desvio padrão da amostra, caso não saibamos o desvio da população (sigma), então:

margem = 1,95996398454 * (0,817162836919 /)) = 0,22650182016.

Valor menor = média − 0,227, valor maior = média + 0,227.

Podemos calcular isso tudo usando R:

```
# Calculando a margem de erro:
E <- z2 * (desvio / sqrt(length(filhos)))
print(paste('Margem de erro:',E))
minf <- media - E
msup <- media + E
print(sprintf('A média de filhos está entre: %f e %f com 95%% de confiança',minf,msup))

[1] "Margem de erro: 0.226501820160377"
[1] "A média de filhos está entre: 1.613498 e 2.066502 com 95% de confiança"
```

O que concluímos? Que a estimativa original de **2** filhos por família, assim como a média amostral de 1,84 filhos por família, se encaixam na nossa inferência estatística, com intervalo de confiança de 95% e margem de erro de 0,227.

Podemos afirmar, com 95% de certeza e margem de erro de 0,227, que a média de filhos em idade escolar por família está entre 1,61349817984 e 2,06650182016.

Nós inferimos isto através de uma amostra da população e comparamos com uma distribuição normal padrão.

Sei que neste exemplo foram utilizadas técnicas que ainda não vimos, mas você teve uma ideia geral do que seria um trabalho de inferência estatística. Agora, vamos ver em detalhes.

O importante agora é você entender O QUÊ eu estou fazendo, e não o COMO.

Como você fez essas coisas em R?
Primeiramente, vamos ver como eu gerei o gráfico da distribuição normal. Eu precisava criar um vetor contendo números para formar o eixo "x":

```
x <- seq(-3,3,length=500)
```

É uma sequência de 500 números, de -3 até +3. Eles formarão o eixo "x". Agora, preciso calcular a densidade de probabilidade para cada um deles:

```
y <- dnorm(x,mean=0, sd=1)
```

Com isto, para cada número eu calculo qual seria seu valor em "y", utilizando a função de densidade de probabilidades da distribuição normal padrão (média zero e desvio padrão 1).

Bem, com o "x" e o "y" eu já posso desenhar o "sino" da distribuição normal padrão:

```
plot(x,y, type="l", lwd=2, main = 'Distribuição normal padrão')
```

A função "plot" vai desenhar um gráfico de linhas (type="l"), com a espessura de linha 2 (lwd=2) e o título " Distribuição normal padrão".

Agora, é só desenhar a linha da média, que é zero no eixo "x":

```
lines(c(0,0),c(0,dnorm(0)))
```

A função "lines" desenha uma linha, indo do ponto inicial ao final. Passei dois vetores, cada um com dois valores. O primeiro valor tem as coordenadas "x" dos dois pontos, e o segundo, as coordenadas "y" dos dois pontos:

```
lines(c(x₁,x₂),c(y₁,y₂))
```

O ponto de origem é x=0, y=0, e o de destino é x=0, y=densidade de probabilidade de zero.

E as duas linhas de limite? Mesmo raciocínio:

```
lines(c(z1,z1),c(0,dnorm(z1)))
lines(c(z2,z2),c(0,dnorm(z2)))
```

Para a primeira linha, a coordenada "x" é sempre o primeiro "z-score", e a coordenada "y" do ponto final é a densidade de probabilidade deste "z-score". Para a segunda linha, usamos o segundo valor de "z-score".

8.2 Tamanho da amostra e o teorema central do limite

Por que escolhemos 50 famílias no exemplo anterior? Não bastariam 20? Isto tem a ver com o teorema central do limite. Este teorema diz que quando o tamanho de uma amostra é grande o suficiente, a distribuição de probabilidades do fenômeno que ela representa se aproximaria da distribuição normal.

Há uma esperança de que amostras com tamanho maior ou igual a 30 tenderiam a seguir a distribuição normal.

E isso nos ajuda em quê?

Simples: podemos fazer inferências sem conhecermos a distribuição de probabilidades real do fenômeno.

Podemos usar a distribuição normal padrão (média zero e desvio padrão 1) como uma aproximação.

8.3 Intervalo de confiança

Temos um parâmetro da população, por exemplo, a média. Não sabemos a média real da população, então, como podemos estimar estatisticamente?

Primeiro, selecionamos uma amostra. Depois, estabelecemos o **nível de confiança** que queremos ter. Este nível indica a probabilidade de que o valor real do parâmetro esteja dentro de um intervalo que calcularemos.

Os níveis de confiança mais utilizados são: 90%, 95% e 99%. Representam a área (debaixo do "sino" da distribuição) na qual o parâmetro deve ser encontrado.

Estes níveis de confiança serão mapeados na distribuição normal padrão. Afinal de contas, se nossa amostra tem tamanho maior ou igual a 30, podemos estimar que sua distribuição será normal, a não ser que tenhamos certeza que a distribuição seja diferente.

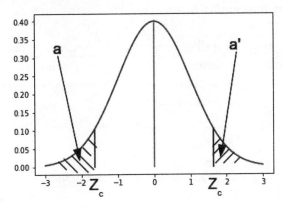

Figura 41: Intervalo de confiança

Na figura acima, vemos uma distribuição normal padrão (média zero e desvio padrão 1), e vemos duas áreas (a e a'), localizadas nas pontas extremas. Se a média estiver dentro de alguma dessas áreas, então está fora do intervalo de confiança. Esperamos que a média esteja na área central da distribuição.

Para calcular os pontos no eixo "x", que são conhecidos como "z-scores" (desvios padrões a partir da média), usamos uma tabela de distribuição normal.

Vamos supor que queiramos 95% de confiança, então, temos que calcular as áreas *a* e *a'*, lembrando que a área total sob o "sino" da distribuição tem o valor de 1. Se quisermos calcular a área que corresponde a 95% de probabilidade (no meio) podemos pegar as áreas dos extremos. Cada área de cada extremo é calculada subtraindo-se 95% de 1, como temos que dividir em metades, usamos a fórmula:

$$a = \frac{(1 - nível)}{2}$$

Calculando, temos *a* e *a'* = 0,025 cada uma. Para saber os pontos Z_c (os z-scores) temos duas opções:

1. Buscamos a área em uma tabela da distribuição normal padrão (existem várias na internet);
2. Calculamos com R.

Considerando um intervalo de confiança de 95%, podemos obter os valores críticos de Z com uma função R.

Como vamos utilizar R, é melhor irmos nos acostumando. A função "qnorm()" já calcula diretamente o z-score:

```
print(paste('z-score',qnorm(0.975)))
```

```
z-score 1.95996398454
```

Os pontos Z_c, para 95%, serão, respectivamente: -1,95996398454 e 1,95996398454.

8.4 Margem de erro

Agora, precisamos calcular a margem de erro. Esta margem é correspondente ao intervalo de confiança que desejamos e representa o erro amostral. Para calculá-la podemos usar a fórmula:

$$E = \frac{Z_c * \sigma}{\sqrt{n}}$$

Não temos o desvio padrão da população (sigma), mas, como nossa amostra é maior que 30, podemos usar o da própria amostra (na verdade, estamos usando o "erro padrão", em vez de o desvio padrão).

Por exemplo, sabendo que $Zc = 1,960$, $s = 0.82$ e $n = 50$, a margem de erro é: 0,23.

Finalmente, podemos calcular o limite inferior e o limite superior do nosso intervalo de confiança: média +- margem de erro.

8.5 Estatística T

Quando a variância da população é desconhecida e usamos a variância amostral, ou quando temos um tamanho de amostra pequeno (menor que 30 elementos), usamos a distribuição **T de Student** como aproximação da distribuição de probabilidades do fenômeno.

A distribuição T de Student introduz um novo conceito: Graus de liberdade, que é a quantidade de observações, independentes de um fenômeno, contidas em uma amostra. É calculado como o tamanho da amostra menos 1.

Podemos seguir o mesmo raciocínio que usamos com a distribuição normal, só que agora, os "z-scores" serão chamados de "t-scores" e temos que considerar os graus de liberdade da amostra.

Vamos imaginar o mesmo exemplo anterior (da quantidade de filhos por família em idade escolar), só que diminuindo a amostra para 12 famílias, será que a média continuará sendo considerada válida?

- Tamanho = 50;
- Média = 1,84;
- Desvio = 0,82;
- Graus de liberdade = 49 (tamanho da amostra menos 1);
- Nível de confiança = 95%
- T_c = +- 2,00957523449
- Margem de erro = 0,232235108375;
- Intervalo = 1,60776489162 e 2,07223510838

Sempre que não soubermos a variância da população (a maioria das vezes), independentemente do tamanho da amostra, é recomendável usar a distribuição T de Student, como aproximação da distribuição normal.

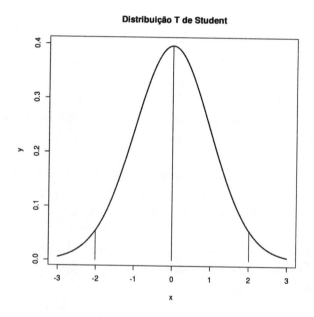

Figura 42: Nosso exemplo com as regiões críticas em "t-scores"

Em R podemos calcular os t-scores assim:

```
t1 <-qt(0.025,df=graus)
t2 <- qt(0.975,df=graus)
```

A função "qt()" para 0.025 com 49 graus de liberdade retorna: -2,0095

E podemos obter a densidade de probabilidade de cada t-score assim:

```
dt(t1,df=graus)
dt(t2,df=graus)
```

O parâmetro "df" significa "degrees of freedom" ou graus de liberdade.

8.7 Testes de hipóteses

Teste de hipótese é uma formalização do que vimos anteriormente. Na verdade, podemos definir como uma afirmação ou conjectura sobre um parâmetro (ou parâmetros) da distribuição de probabilidades de característica de um fenômeno (ou variável aleatória).

Tudo fica melhor com um exemplo, não? Então, vamos lá...

Uma fábrica de laticínios vende peças de queijo pelo menos 60 kg (em média) cada uma, com pouca variação. A fábrica lhe contratou para validar estatisticamente este parâmetro (peso), pois tiveram reclamações que, em alguns lotes, havia peças com peso bem menor que o especificado. Como você faria isso? Você poderia pegar um lote, aleatoriamente, e verificar estatisticamente.

Vamos pensar que temos duas hipóteses:

- Os queijos pesam 60kg;
- Os queijos pesam menos que 60kg.

Quando falamos sobre testes de hipótese, há sempre uma hipótese que desejamos testar, e o fazemos buscando observações que nos permitam rejeitá-la. Atenção: não se trata de semântica:

Devemos buscar evidências que nos permitam rejeitar a hipótese que desejamos testar!

Por que não buscar evidências que comprovem que nossa hipótese seja verdadeira? Simples: estamos falando de probabilidades, ou seja, por mais provas que você possa apresentar para validar uma hipótese, há sempre uma probabilidade dela se revelar falsa.

Esta abordagem, de buscar evidências que permitam comprovar que uma hipótese é rejeitável, está no cerne da filosofia científica, e foi proposta por **Karl Popper**, em 1930, como a propriedade da falseabilidade.

Bem, voltando ao teste de hipótese, temos geralmente duas hipóteses antagônicas, e a rejeição de uma implica a não rejeição da outra. Chamamos a hipótese principal de "nula", ou "H_0", e a antagônica de "alternativa" ou "H_1". Em nosso caso:

- H0: Todos os queijos têm peso médio maior ou igual de 60 kg;
- H1: Há queijo(s) com peso **significativamente** menores.

Poderíamos inverter, considerando H1 como a hipótese nula, certo? Depende do que queremos rejeitar... Queremos rejeitar o fato de haver muita variância na média dos pesos ou queremos rejeitar o fato de haver pouca variância?

Precisamos pesar os queijos da amostra e calcular alguns parâmetros amostrais:

```
lote <- c(58.5, 60.1, 60.02, 57.4, 60.3, 55.4, 58.2, 59.8, 54.3,
60.4, 60.7, 60.1, 55.6, 57.1, 60.0, 60.7, 60.3, 56.7,   57.9,
59.01)
print(summary(lote))

   Min. 1st Qu.  Median    Mean 3rd Qu.    Max.
  54.30   57.33   59.41   58.63   60.15   60.70

print(paste('Desvio padrão:',sd(lote)))
```

[1] "Desvio padrão: 1.9681738129278"

```
print(paste('Tamanho da amostra:',length(lote)))
```

[1] "Tamanho da amostra: 20"

Podemos cometer 2 tipos de erro com esse problema, e precisamos, de alguma forma, estabelecer limites para esses erros:

- Erro **tipo I**: rejeitar a hipótese nula, mesmo sendo verdadeira;
- Erro **tipo II**: falhar em rejeitar a hipótese nula, mesmo com evidências.

Temos que estabelecer limites para rejeição da hipótese nula, como fizemos no estudo de intervalos de confiança. Para começar, temos que ver qual teste iremos usar:

- **Teste Z:** Baseado na distribuição normal (teorema do limite central);
- **Teste T:** Baseado na distribuição T de Student (para amostras menores que 30 elementos ou variância da população desconhecida).

Mais prudente usar a distribuição T de Student.

Vamos estabelecer níveis de significância para podermos rejeitar a hipótese nula. O nível de significância é a tolerância máxima para que um erro tipo I ou tipo II seja cometido.

Lembra-se dos intervalos de confiança? É a mesma coisa: precisamos estabelecer uma região no "sino" da distribuição normal, que confirme a hipótese nula.

Chamamos de "α" (alfa) a probabilidade de cometermos um erro do tipo I: rejeitar a hipótese nula, sendo ela verdadeira. E chamaremos de «β» (beta) a probabilidade de cometermos um erro de tipo II: não rejeitar a hipótese nula, mesmo sendo falsa.

Devemos ver o que é mais importante para nós, ou seja, qual o tipo de erro mais significativo para nós. Geralmente, trabalhamos mais com o erro tipo I, logo, consideramos mais a significância da probabilidade α embora possamos trabalhar com ambas (α e β).

Atenção: *α é uma probabilidade, logo, é uma área! Os pontos no eixo das abscissas são os desvios da média (normalizada), as áreas são os vários valores que "y" (a variável esperada) pode assumir.*

Antes de continuar, gostaria de esclarecer a diferença entre valor das observações e probabilidade de ocorrência. Isso sempre foi muito difícil para mim, quando eu comecei a estudar estatística a sério.

O que estamos querendo testar

Nunca devemos perder isto de vista. Queremos saber se, baseados na amostra, temos evidências estatísticas de que os queijos produzidos pela fábrica pesam em torno de 60 kg. Vamos verificar a probabilidade de haver médias de pesos de queijos mais extremas que as da amostra, ou seja, muito menores que a da amostra. Houve relatos de que há queijos pesando bem menos que 60 kg, logo, precisamos saber qual é a probabilidade de haver queijos com pesos médios muito diferentes de 60 kg na vida real.

Note que nossa "população" é a produção de queijos, da qual temos uma média estimada (60 kg). Mas nada sabemos sobre o desvio padrão dessa população, exceto que seria "pequena", pois acredita-se que a variação de peso seja pequena.

Para testarmos isso, precisamos saber a probabilidade de encontrarmos valores na população, que nos permitiriam rejeitar a hipótese nula (que a média de 60 kg é válida).

Regiões críticas

Pensando em uma distribuição de probabilidades, temos uma média e uma gradação, em desvios padrões, no eixo das abscissas. E temos regiões de pontos (dentro do gráfico), que correspondem às probabilidades de encontrarmos observações naquelas distâncias da média. Supondo uma distribuição normal padrão ou T de Student, é mais ou menos como na figura:

CAPÍTULO 8 Inferência estatística • 111

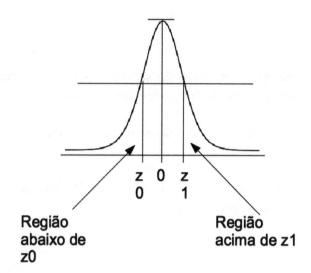

Figura 43: Regiões críticas

Em uma distribuição padrão (normal padrão ou T de Student), a média é zero e o desvio é 1. Vemos no gráfico o valor zero e a sua probabilidade (o pequeno seguimento de reta no "pico" do monte). Essa é a probabilidade da média (zero) ocorrer.

Há duas outras marcas: "z0" e "z1", que são deslocamentos para a esquerda e direita do zero, respectivamente. São marcas em "desvios padrões".

A região na "cauda" esquerda do "sino" representa os pontos em que o valor da observação é menor que "z0" desvios padrões, e a região na cauda direita, os pontos em que o valor da observação é maior que "z1" desvios padrões.

Devemos lembrar que o eixo das abscissas contém as observações da variável aleatória que estamos estudando (em forma de desvios padrões), e o das ordenadas contém a probabilidade delas ocorrerem.

Também devemos lembrar que os valores das observações crescem da esquerda para a direita, mas os valores das probabilidades (o eixo das ordenadas) crescem de baixo para cima. Como o gráfico da distribuição que usamos é um sino, valores de observações negativos (mais uma vez: a unidade são desvios padrões a partir da média) podem ter probabilidades positivas.

Tipos de teste

Quando definimos hipóteses, temos que selecionar as regiões do gráfico onde a hipótese nula pode ser rejeitada. Isso pode ocorrer de 2 formas:

- Bilateral ou bicaudal: Quando valores em ambas as caudas possam rejeitar H0;

- Unilateral ou unicaudal (à direita ou à esquerda): Quando apenas valores em uma das duas caudas pode rejeitar H0.

É mais fácil visualizar...

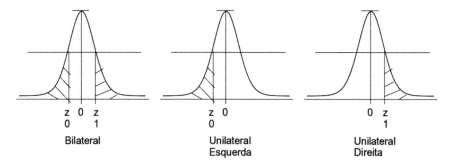

Figura 44: Tipos de testes

- Bilateral: H0: $\mu = k$; H1: $\mu \neq k$;
- Unilateral à esquerda: H0: $\mu = k$; H1: $\mu < k$;
- Unilateral à direita: H0: $\mu = k$; H1: $\mu > k$;

Qual é o teste do nosso exemplo?

- H0: peso = 60;
- H1: peso < 60.

Então, seria unilateral à esquerda, pois as observações com peso < 60 poderiam nos forçar a rejeitar a hipótese nula. Agora, precisamos pensar em um nível de significância, que será a área das probabilidades, a partir da qual, rejeitaremos a hipótese nula.

Podemos pensar em probabilidades: 1%, 5% ou 10%, que são os valores mais comuns. Se optarmos por 5% podemos demarcar essa área traçando uma reta que corta o eixo das abscissas no valor (Z ou T) correspondente. Para encontrar esse ponto, basta pesquisar na tabela da distribuição T de Student (ou normal padrão, se for o caso).

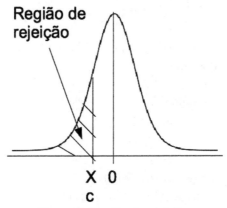

Figura 45: Região de rejeição

Nosso Xc, ou Tc, que seria mais apropriado para uma distribuição T de Student, deve corresponder a uma área de 5% (área = 0,05).

- P(observação) <= 0,05: Rejeitaremos H0;
- P(observação) > 0,05: Não rejeitaremos H0.

Para sabermos qual é a coordenada desse ponto (P(observação)) no eixo das abscissas, precisamos pesquisar na tabela da distribuição T de Student, ou então usarmos uma função em R:

- n = 20;
- graus de liberdade = 19;
- x = 58,66;
- s = 1,97;

Se pesquisarmos na tabela da distribuição T de Student, vemos que isso corresponde ao valor: 1,7291. Como nosso teste é a partir da cauda esquerda, então esse valor será negativo. Em R podemos obter isso desta forma:

```
tq1 <- qt(0.05,df=graus)

print(paste('t-crítico',tq1))

[1] "t-crítico -1.72913281152137"
```

Podemos pensar em um gráfico agora, certo? Veja a figura a seguir. Para gerá-la, usamos o seguinte código em R:

```
x <- seq(-3,3,length=500)
y <- dt(x,df=graus)
plot(x,y, type="l", lwd=2, main = 'Distribuição T de Student - queijos')
lines(c(0,0),c(0,dt(0,df=graus)))
lines(c(tq1,tq1),c(0,dt(tq1,df=graus)))
```

Se o valor da média estiver na região demarcada pela primeira linha, rejeitaremos H0.

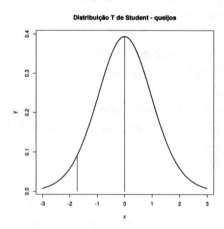

Figura 46: Distribuição T de Student com a linha do valor crítico

Agora, precisamos calcular o "t-score" da nossa média usando a fórmula:

$$t = \frac{(\bar{x} - \mu)}{(s/\sqrt{n})}$$

$$t = \frac{(58,66 - 60)}{1,97/\sqrt{20}}$$

Em R:

```
ta <- (mean(lote) - 60) / (sd(lote) / sqrt(length(lote)))

print(paste('T crítico:',ta))

[1] "T crítico: -3.12090258179716"
```

Bem, nosso ponto crítico era: -1,7291 e o nosso t- score é menor do que ele: -3.12, portanto, podemos rejeitar a hipótese nula. Mas podemos também comparar o "p-value" ou "valor-p" para confirmar isso.

Eu utilizei um pequeno "truque" em R para mostrar a mensagem se rejeitamos ou não a hipótese nula:

```
if (ta < tq1) {
  print('Rejeitamos a hipótese nula')
} else {
  print('Não rejeitamos a hipótese nula')
}
```

E o resultado foi:

```
[1] "Rejeitamos a hipótese nula"
```

O comando "if" testa uma condição lógica, no caso, se o "t-score" da nossa média é menor que o "t-value" crítico. Se esta condição for verdadeira, tudo o que estiver entre o primeiro par de chaves será executado (neste caso, mostrar a mensagem

"Rejeitamos a hipótese nula"). Caso contrário, tudo o que estiver no par de chaves depois da palavra "else" será executado.

```
valor-p
```

Outra maneira de constatar isso é comparar a área de erro tipo I, ou área de significância (α) com a área onde está nosso t-score, que é conhecida como "valor-p" (ou **p-value**). Basta procurar a área correspondente ao t-score na tabela ou então usar R:

```
pvalue <- pt(ta, 19)
print(paste('p-value:',pvalue))

[1] "p-value: 0.00281329961018917"
```

A função "pt()" nos retorna a área correspondente àquele "t-value", considerados os graus de liberdade da amostra.

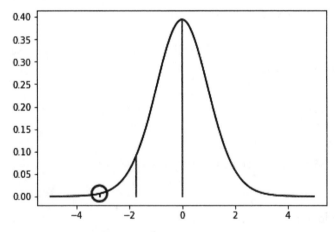

Figura 47: Área alfa e valor-p

Nossa área α é 0,05, nossa área de p-value é 0,0028, como o p-value é menor que α, então rejeitamos a hipótese nula. Na figura, a primeira linha à esquerda (marcada com um círculo) representa a fronteira da área de p-value, e a segunda à esquerda, representa a área de significância α.

O que isso significa? Que existem evidências de que P(t_score < -1,7291) é significativa, ou seja, existem evidências com probabilidade significante de haver médias menores que 60kg.

Isso significa que devemos estudar melhor o processo produtivo, de modo a diminuir a variação de peso dos queijos.

8.8 Teste de hipótese automático

Em R temos uma função que é uma verdadeira maravilha: t.test() e podemos executar um teste de hipótese com apenas uma linha de código:

```
t.test(lote,alternative = "less", mu=60, conf.level = 0.95)

        One Sample t-test

data:  lote
t = -3.1209, df = 19, p-value = 0.002813
alternative hypothesis: true mean is less than 60
95 percent confidence interval:
    -Inf 59.38749
sample estimates:
mean of x
  58.6265
```

De cara, podemos ver que o "valor-p" é menor que o nosso nível de significância (0,05), portanto, rejeitamos a hipótese nula. Para usar, precisamos passar os argumentos:

- Vetor, no nosso caso o "lote";
- "alternative": Se o teste é unilateral esquerdo (less) ou direito (greater);
- "mu": Média;
- "conf.level": Nível de confiança.

8.9 Um exemplo de teste bilateral

Vejamos agora outro exemplo de teste de hipótese, agora bilateral. Um laboratório farmacêutico prepara um remédio que deve ter em torno de 100 mg de determinado composto químico. Você quer saber, com intervalo de confiança de 95%, se a média de uma amostra contendo 20 comprimidos está dentro desse padrão.

Veja bem! A média pode variar dentro do nosso intervalo de confiança!

Não sabemos a variância da população (σ^2), e temos apenas 20 elementos. Sabemos, por experiências anteriores, que a distribuição dessa variável (média do composto) segue a distribuição normal, logo, vamos usar a "estatística T", ou a distribuição T de Student.

Dados:

- n = 20;
- graus de liberdade = 19;
- α = 0,05;

```
amostra <- c(95.88,101.2,102.04,100.1,98.7,96.18,97.53,100.79,
98.52,100.08,100.45,99.19,99.91,101.01,98.78,101.02,98.78,
100.18,100.94,97.12)
```

Estatística básica

- `mediah0 <- 100 # média da hipótese nula`
- `media <- mean(amostra)`
- `desvio <- sd(amostra)`
- `n <- length(amostra)`
- `gl = n - 1`
- `print(paste('média',media,'desvio',desvio,'n',n,'gl',gl))`

```
[1] "média 99.42 desvio 1.71949502991278 n 20 gl 19"
```

CAPÍTULO 8 Inferência estatística • 119

Temos uma média hipotética (100 mg) e uma amostra com 20 comprimidos (19 graus de liberdade), com uma média de 99,42 mg do composto químico.

É um teste bilateral (ou bicaudal). Nossas hipóteses são:

- H0: µ = 100 mg;
- H1: µ ≠ 100 mg.

Vamos usar um nível de significância de 0,05 (alfa) e vamos encontrar os valores de t-score críticos, para a esquerda e direita e plotar o gráfico. Como o nível de significância é 0,05 (5%) e se trata de um teste bilateral, então teremos 0,025 para cada lado.

```
tc <-qt(0.025,df=gl)
print(paste('T-scores críticos:',tc,-tc))

[1] "T-scores críticos: -2.09302405440831 2.09302405440831"

t_observado <- (media - mediah0) / (desvio / sqrt(n))
print(paste('t_observado',t_observado))

[1] "t_observado -1.50848871836014"

# Agora podemos gerar o gráfico
tc1 <- tc
tc2 <- -tc
x <- seq(-3,3,length=500)
y <- dt(x,df=gl)
plot(x,y, type="l", lwd=2, main = 'Distribuição T de Student - bilateral')
lines(c(0,0),c(0,dt(0,df=gl)))
lines(c(tc1,tc1),c(0,dt(tc1,df=gl)), lty='dashed', lwd=2)
lines(c(tc2,tc2),c(0,dt(tc2,df=gl)), lty='dashed', lwd=2)
lines(c(t_observado,t_observado),c(0,dt(t_observado,df=gl)), lwd=2)
```

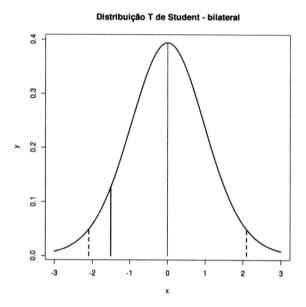

Figura 48: A linha sólida é o t-score observado

As linhas pontilhadas, à esquerda e à direita, demarcam o intervalo de confiança e também delimitam as áreas nas caudas que correspondem ao nosso "α". A linha sólida à esquerda mostra o nosso "t-score" observado. É fácil perceber que não podemos rejeitar a hipótese nula.

As áreas delimitadas pelas linhas pontilhadas são as "α", e a área desde a cauda esquerda até a linha sólida, é o nosso "valor-p" (p-value). Como a área do "valor-p" é maior que a área "α", é outra indicação de que não podemos rejeitar a hipótese nula.

Agora, façamos um teste automatizado:

```
t.test(amostra, mu=100, conf.level = 0.95)

One Sample t-test

data:   amostra
```

```
t = -1.5085, df = 19, p-value = 0.1479
alternative hypothesis: true mean is not equal to 100
95 percent confidence interval:
 98.61525 100.22475
sample estimates:
mean of x
   99.42
```

O "valor-p" é maior que a área alfa (0,05), logo, não rejeitamos a hipótese nula. Temos 95% de confiança que a média do composto estará entre 98,62 e 100,22 mg.

E se soubermos a variância da população?

Neste caso, usamos a distribuição normal padrão, baseada em z-scores. A fórmula para encontrar um z-score é:

E não existe essa história de "graus de liberdade". As funções em R são as mesmas, só trocando o sufixo "t" por "norm": dnorm, qnorm etc.

CAPÍTULO 9

Datasets

Quase sempre precisaremos ler datasets, como fizemos na primeira aula do curso. A maioria destes datasets está em arquivos CSV – Comma Separated Values:

```
<registro 1, campo 1>,<registro 1, campo 2>,<registro 1, campo 3><CR/LF>
<registro 2, campo 1>,<registro 2, campo 2>,<registro 2, campo 3><CR/LF>
...
<registro n, campo 1>,<registro n, campo 2>,<registro n, campo 3><CR/LF>
```

Você deverá baixar o conteúdo da pasta "datasets" do nosso repositório. Se você baixou um ZIP do repositório inteiro (http://github.com/cleuton/datascience) então já tem essa pasta. Abra o notebook "datasets" e veja como lemos um arquivo CSV:

```
df <- read.csv('desemprego.csv')
```

Acabamos de acessar o arquivo externo 'desemprego.csv', que deve estar na mesma pasta do notebook, e o associamos à variável "df". Através desta variável, podemos realizar diversas operações com o dataset, por exemplo, vamos ver sua estrutura, ou os campos que ele contém:

```
str(df)
```

```
'data.frame':   121 obs. of  2 variables:
 $ Periodo   : num  2007 2007 2007 2007 2007 ...
 $ Desemprego: num  10.4 10.5 10 10 9.3 9.3 9.1 9.6 9.8 9.8 ...
```

Ele contém 121 linhas de duas variáveis, o "Periodo" (sem acento) e o "Desemprego", ambas numéricas (o acrônimo "num" indica isso) e ele mostrou alguns de seus valores.

A função "read.csv()" lê um arquivo CSV, cujo caminho do arquivo passamos como argumento, retorna uma variável do tipo "Data Frame", que possui várias funções para manipulação de dados. O Data frame contém colunas e linhas.

Um Data Frame é um conjunto de linhas e colunas, como se fosse uma matriz, que organiza os dados.

Vejamos algumas operações básicas, além de função "str()":

```
summary(df)
```

```
    Periodo         Desemprego
 Min.   :2007    Min.   : 6.90
 1st Qu.:2010    1st Qu.: 8.50
 Median :2012    Median : 9.40
 Mean   :2012    Mean   :10.01
 3rd Qu.:2015    3rd Qu.:10.70
 Max.   :2017    Max.   :15.90
```

A função "summary()" exibe a estatística básica de cada variável do Data Frame.

```
head(df)
```

Periodo	Desemprego
2007.08	10.4
2007.09	10.5
2007.10	10.0
2007.11	10.0
2007.12	9.3
2008.01	9.3

Figura 49: Resultado da função "head()"

As funções "head()" e "tail()" exibem, respectivamente, as primeiras e as últimas linhas de um Data Frame, o que é bastante útil, pois os datasets geralmente contêm muitas linhas. Se você escrever o nome da variável em uma célula e teclar SHIFT+ENTER (ou usar a função "print()") o conteúdo inteiro do dataset será exibido.

9.1 Datasets não convencionais

Estamos no Brasil, e é nós usamos vírgulas como separador de decimais, por isso, quando exportamos dados do Excel ou do LibreOffice, usamos o ponto e vírgula como separador de colunas. Como faremos?

```
Nome;Pesos;Alturas
"Fulano";74;1,73
"Beltrano";61;1,61
"Cicrano";61;1,61
```

Basta passar alguns parâmetros extras para a função "read.csv()":

- dec : Carácter separador de decimais;
- sep : Carácter separador de colunas.

Por exemplo, para ler o dataset "dataset-nao-convencional.csv", que está na pasta, usamos:

```
df2 <- read.csv('dataset-nao-convencional.csv',dec = ',', sep = ";")
```

(Tanto faz usarmos aspas simples ou duplas nos parâmetros, desde que sejamos coerentes: Abriu aspas simples, tem que fechar aspas simples).

Datasets não convencionais

```
In [7]: df2 <- read.csv('dataset-nao-convencional.csv',dec = ',', sep = ";")

In [8]: head(df2)
```

Nome	Pesos	Alturas
Fulano	74	1.73
Beltrano	61	1.61
Cicrano	61	1.61
João	68	1.67
Pedro	70	1.69
Paulo	73	1.75

Figura 50: Lendo um dataset com formatação Brasileira

9.2 Classes das colunas

Podemos especificar as classes, ou domínios das colunas, com o parâmetro "**colClasses**". Isto pode ajudar a economizar memória em datasets muito grandes:

```
df3 <- read.csv('dataset-nao-convencional.csv',dec = ',', sep = ";",
     colClasses= c('character','integer','numeric'))

str(df3)

'data.frame':   29 obs. of  3 variables:
 $ Nome   : chr  "Fulano" "Beltrano" "Cicrano" "João" ...
 $ Pesos  : int  74 61 61 68 70 73 67 67 65 57 ...
 $ Alturas: num  1.73 1.61 1.61 1.67 1.69 1.75 1.67 1.67 1.63 1.57 ...
```

9.3 Lidando com datas

Se tivermos um dataset assim:

```
Nascimento,Pesos,Alturas
"2007/3/5",74,1.73
```

```
"2007/1/1",61,1.62
"2007/5/25",61,1.63
"2007/1/15",68,1.68
"2007/2/3",70,1.68
```

Podemos carregá-lo com o comando:

```
df4   <-   read.csv('datas.csv',colClasses=c('Date','integer',
'numeric'))
```

Podemos extrair pedaços da data utilizando a função "format":

```
print(as.numeric(format(df4$Nascimento, "%m")))
```

```
[1] 3 1 5 1 2
```

Neste exemplo, pegamos apenas a coluna "Nascimento", do dataframe df4, e formatamos o mês ("%m") como numérico.

9.4 Datas com formatos diferenciados

Notou que alguns arquivos, especialmente os oriundos do IPEA, possuem colunas no formato: ano.mês? Como lemos isso? Uma opção é ler como caracter:

```
df5    <-    read.csv('desemprego.csv',    colClasses    =
c('character','numeric'))
```

```
'data.frame':   121 obs. of  2 variables:
 $ Periodo    : chr  "2007.08" "2007.09" "2007.10" "2007.11" ...
 $ Desemprego: num  10.4 10.5 10 10 9.3 9.3 9.1 9.6 9.8 9.8 ...
```

Não tem como converter diretamente para data. Dá para separar em duas colunas, o que veremos posteriormente.

Vamos ler o dataset "datas-horas.csv":

```
Nascimento,Pesos,Alturas
"5-3-2005 17:35:00",5,0.50
"1-5-2005 12:10:05",3.5,0.48
"10-6-2005 23:01:12",4.1,0.51

df6 <- read.csv('datas-horas.csv', colClasses = c('character',
'numeric', 'numeric'))
str(df6)

'data.frame':   3 obs. of  3 variables:
 $ Nascimento: chr  "5-3-2005 17:35:00" "1-5-2005 12:10:05" "10-
6-2005 23:01:12"
 $ Pesos     : num  5 3.5 4.1
 $ Alturas   : num  0.5 0.48 0.51


df6$Nascimento    <-    strptime(df6$Nascimento,format='%d-%m-%Y
%H:%M:%S')
str(df6)

'data.frame': 3 obs. of  3 variables:
 $ Nascimento: POSIXlt, format: "2005-03-05 17:35:00" "2005-05-
01 12:10:05" ...
 $ Pesos     : num  5 3.5 4.1
 $ Alturas   : num  0.5 0.48 0.51
```

Nós convertemos a coluna "Nascimento" de carácter para data/hora, utilizando a função "strptime()". Note que usamos uma sintaxe para pegar apenas os valores da coluna "Nascimento": "df6**$Nascimento**", e atribuímos a ela mesma.

POSIXlt é um dos formatos de data e hora utilizado pelo R.

Há dois formatos de data/hora. A classe "POSIXct" representa o número de segundos (sinalizado) desde o início de 1970 (in the UTC time zone), como um vetor numérico. A classe "POSIXlt" é uma lista nomeada de vetores. (Extraído da documentação do R).

9.5 Lidando com nulos e lacunas nos dados

Nulos podem causar problemas em trabalhos de Data Science, logo, precisamos lidar com eles.

Em R temos alguns tipos de valores inválidos:

- Inf: "infinity" ou infinito, é o resultado da divisão de qualquer número (exceto zero) por zero. Pode ser negativo ou positivo;
- NA: O valor não existe;
- NULL: O valor é nulo.

Dividir qualquer número por zero resulta em Inf, porém, dividir zero por zero resulta em NaN (Not a Number).

Se um objeto não foi declarado, seu uso resultará em um erro ("objeto não encontrado"). Agora, se ele existir, mas não contiver valor, ele conterá NA (Not Available). O NULL é um valor e podemos até atribuí-lo a um objeto, mas tem que ser em maiúsculas.

O que acontece se um dataset contiver valores faltando?
O R te protege disto. Veja os exemplos abaixo:

a) Deixar um valor faltando (uma lacuna):

```
> valores <- c(1.0,5.2,,6.7,3.2,4.1)
Error in c(1, 5.2, , 6.7, 3.2, 4.1) : argumento 3 está vazio
> valores
Erro: objeto 'valores' não encontrado
```

b) Declarar um valor como NA:

```
> valores <- c(1.0,5.2,NA,6.7,3.2,4.1)
> valores
[1] 1.0 5.2  NA 6.7 3.2 4.1
> mean(valores)
```

```
[1] NA
```

Ele aceita declarar, mas qualquer cálculo resultará em NA.

c) Declarar um valor como NAN:

```
> valores <- c(1.0,5.2,NaN,6.7,3.2,4.1)
> valores
[1] 1.0 5.2 NaN 6.7 3.2 4.1
> mean(valores)
[1] NaN
```

d) Declarar um valor como Inf:

```
> valores <- c(1.0,5.2,Inf,6.7,3.2,4.1)
> valores
[1] 1.0 5.2 Inf 6.7 3.2 4.1
> mean(valores)
[1] Inf
```

e) Declarar como NULL:

```
> valores <- c(1.0,5.2,NULL,6.7,3.2,4.1)
> valores
[1] 1.0 5.2 6.7 3.2 4.1
> mean(valores)
[1] 4.04
> length(valores)
[1] 5
```

Ele parece ignorar os valores.
Como lidamos com isto? Uma opção é usar as funções "is.na()" e "is.infinite()":

```
> valores <- c(1.0,5.2,NA,6.7,3.2,4.1)
> is.na(valores)
[1] FALSE FALSE  TRUE FALSE FALSE FALSE
```

```
> is.na(valores[3])
[1] TRUE
> valores <- c(1.0,5.2,NaN,6.7,3.2,4.1)
> is.na(valores)
[1] FALSE FALSE  TRUE FALSE FALSE FALSE
> valores <- c(1.0,5.2,Inf,6.7,3.2,4.1)
> is.na(valores)
[1] FALSE FALSE FALSE FALSE FALSE FALSE
> is.infinite(valores)
[1] FALSE FALSE  TRUE FALSE FALSE FALSE
> valores <- c(1.0,5.2,NULL,6.7,3.2,4.1)
> is.na(valores)
[1] FALSE FALSE FALSE FALSE FALSE
```

9.6 Manipulação de dados

Há duas bibliotecas externas: dplyr e tidyr, ambas, parte do pacote "tidyverse", que nos permitem realizar manipulações avançadas de dados. Para começar, vamos instalar o "tidyverse":

```
install.packages('tidyverse")
```

Agora, vamos ver como usar estas bibliotecas. Abra o notebook "datamanip".

Veja os exemplos deste notebook com cuidado.

9.7 Funções da "dplyr"

```
"filter()" : Filtra linhas baseado em condições
head(filter(df,cyl<8,hp>100))
```

mpg	cyl	disp	hp	drat	wt	qsec	vs	am	gear	carb
21.0	6	160.0	110	3.90	2.620	16.46	0	1	4	4
21.0	6	160.0	110	3.90	2.875	17.02	0	1	4	4
21.4	6	258.0	110	3.08	3.215	19.44	1	0	3	1
18.1	6	225.0	105	2.76	3.460	20.22	1	0	3	1

```
19.2    6    167.6    123    3.92    3.440    18.30    1    0    4    4
17.8    6    167.6    123    3.92    3.440    18.90    1    0    4    4
```

Selecionamos apenas as linhas onde a coluna "cyl" é < 8 e a coluna "hp" é > 100.

```
"slice()" : Separa linhas de um data frame pela sua posição
slice(df,10:20)

mpg    cyl   disp    hp    drat    wt      qsec    vs   am   gear   carb
19.2    6    167.6   123   3.92    3.440   18.30   1    0    4      4
17.8    6    167.6   123   3.92    3.440   18.90   1    0    4      4
16.4    8    275.8   180   3.07    4.070   17.40   0    0    3      3
17.3    8    275.8   180   3.07    3.730   17.60   0    0    3      3
15.2    8    275.8   180   3.07    3.780   18.00   0    0    3      3
10.4    8    472.0   205   2.93    5.250   17.98   0    0    3      4
10.4    8    460.0   215   3.00    5.424   17.82   0    0    3      4
14.7    8    440.0   230   3.23    5.345   17.42   0    0    3      4
32.4    4     78.7    66   4.08    2.200   19.47   1    1    4      1
30.4    4     75.7    52   4.93    1.615   18.52   1    1    4      2
33.9    4     71.1    65   4.22    1.835   19.90   1    1    4      1
```

Pegamos da linha 10 até a 20 (inclusive).

```
"arrange()" : Classifica um dataframe
head(arrange(df,cyl,mpg))


mpg    cyl   disp    hp    drat    wt      qsec    vs   am   gear   carb
21.4    4    121.0   109   4.11    2.780   18.60   1    1    4      2
21.5    4    120.1    97   3.70    2.465   20.01   1    0    3      1
22.8    4    108.0    93   3.85    2.320   18.61   1    1    4      1
22.8    4    140.8    95   3.92    3.150   22.90   1    0    4      2
24.4    4    146.7    62   3.69    3.190   20.00   1    0    4      2
26.0    4    120.3    91   4.43    2.140   16.70   0    1    5      2
```

Classificamos em ordem ascendente por "cyl" e depois por "mpg". Para usar ordem descendente, use "desc()":

```
head(arrange(df,desc(mpg)))
```

"select()" : Seleciona colunas de um data frame

```
carros <- select(df,cyl,hp)
```

	cyl	hp
Mazda RX4	6	110
Mazda RX4 Wag	6	110
Datsun 710	4	93
Hornet 4 Drive	6	110
Hornet Sportabout	8	175
Valiant	6	105

"distinct()" : Agrupa valores

```
distinct(select(df,cyl))

cyl
6
4
8
```

Aqui, listamos quantos tipos de motores temos, por quantidade de cilindros. Temos motores de 6, 4 e 8 cilindros.

"mutate()" : Cria uma nova coluna derivada

```
head(mutate(df, hp_cyl = hp / cyl))
```

mpg	cyl	disp	hp	drat	wt	qsec	vs	am	gear	carb	hp_cyl
21.0	6	160	110	3.90	2.620	16.46	0	1	4	4	18.33333
21.0	6	160	110	3.90	2.875	17.02	0	1	4	4	18.33333
22.8	4	108	93	3.85	2.320	18.61	1	1	4	1	23.25000
21.4	6	258	110	3.08	3.215	19.44	1	0	3	1	18.33333
18.7	8	360	175	3.15	3.440	17.02	0	0	3	2	21.87500
18.1	6	225	105	2.76	3.460	20.22	1	0	3	1	17.50000

Aqui, criamos uma nova coluna "hp_cyl", que é a quantidade de HPs por cilindro do motor.

"summarise()" : Resume um data frame

```
summarise(df,Media_HP=mean(hp,na.rm=TRUE))

Media_HP
146.6875
```

Aqui, agregamos o data frame calculando a média de "hp". O argumento "na.rm=TRUE" permite remover do cálculo as linhas onde "hp" está ausente.

Pipe %>% : Encadeia funções
```
df <- mtcars %>% select(mpg,hp,cyl) %>% arrange(desc(mpg),cyl)
```

mpg	hp	cyl
33.9	65	4
32.4	66	4
30.4	52	4
30.4	113	4
27.3	66	4
26.0	91	4

Com o pipe, podemos "encadear" funções, fazendo o resultado de uma, a ser a entrada de outra. Neste exemplo, selecionamos as colunas "mpg", "hp" e "cyl", do dataset "mtcars" (vem por padrão no R) e o classificamos em ordem descendente de "mpg" e ascendente de "cyl".

9.8 Funções da "tidyr"

"gather()" : Faz transposição de colunas para linhas

Suponha um data frame assim:

```
filial   ano    semestre1     semestre2
100             2016    153450 195370
200             2016    102300 122300
100             2017    153450 195370
200             2017    102300 122300
```

Queremos transpor as colunas de semestre para linhas separadas. Então, usamos a função "gather()":

```
df_vendas2 <- gather(df_vendas,semestre,venda,semestre1:semestre2)
```

```
filial   ano    semestre      venda
100             2016    semestre1     153450
200             2016    semestre1     102300
100             2017    semestre1     153450
200             2017    semestre1     102300
100             2016    semestre2     195370
200             2016    semestre2     122300
100             2017    semestre2     195370
200             2017    semestre2     122300
```

Agora, temos apenas uma única coluna "semestre" e linhas separadas para os dois semestres.

"spread()" : Faz transposição de linhas para colunas (o contrário de "gather()")

```
df_vendas3 <- spread(df_vendas2,semestre,venda)
```

```
filial   ano    semestre1     semestre2
100             2016    153450 195370
100             2017    153450 195370
200             2016    102300 122300
200             2017    102300 122300
```

"separate()" : **Separa um campo caractere em mais de uma coluna**

A função separate separa campos em linhas, de acordo com uma expressão regular. Suponha o dataset "desemprego.csv", o campo "periodo" é formado por ano + "." + mês. A coluna a ser separada tem que ser do tipo "caractere" e não numérica! Vamos separar ano e mês:

```
Periodo         Desemprego
2007.08         10.4
2007.09         10.5
2007.10         10.0
2007.11         10.0
2007.12         9.3
2008.01         9.3
```

Queremos o ano e o mês como colunas separadas:

```
df_sep    <-   separate(df_desemprego,'Periodo',c('ano','mes'),s
ep='[.]')
```

```
ano    mes    Desemprego
2007   08     10.4
2007   09     10.5
2007   10     10.0
2007   11     10.0
2007   12     9.3
2008   01     9.3
```

A coluna "Periodo" foi separada em duas colunas: "ano" e "mês", e o separador era um ponto. Precisamos colocar o ponto entre colchetes, pois se trata de uma "expressão regular".

"unite()" : **Junta duas colunas formando um campo caracter (o contrário de "spread()")**

```
df_original <- unite(df_sep,'Periodo',c('ano','mes'),sep='.')
```

Periodo	Desemprego
2007.08	10.4
2007.09	10.5
2007.10	10.0
2007.11	10.0
2007.12	9.3
2008.01	9.3

CAPÍTULO 10

Regressão

O que é regressão? Segundo a Wikipedia:

Em estatística, regressão é uma técnica que permite explorar e inferir a relação de uma variável dependente (variável de resposta) com variáveis independentes específicas (variáveis explicatórias). A análise da regressão pode ser usada como um método descritivo da análise de dados (por exemplo, o ajustamento de curvas) sem serem necessárias quaisquer suposições acerca dos processos que permitiram gerar os dados. Regressão designa também uma equação matemática que descreva a relação entre duas ou mais variáveis.

O método de estimação mais amplamente utilizado é o método dos mínimos quadrados ordinários.

Os principais problemas que devem ser enfrentados em uma regressão são: multicolinearidade, heteroscedasticidade, autocorrelação, endogeneidade e atipicidade.

Eu não descreveria melhor.

Dado um dataset contendo um conjunto de atributos e um valor numérico (um rótulo, um alvo) para cada conjunto, a regressão nos permite estudar o relacionamento dos atributos e criar um modelo preditivo (uma fórmula, uma heurística) para prever rótulos relacionados com conjuntos de atributos que ainda não vimos.

Complicado? Bem, imagine o dataset dos dados de saúde dos empregados de determinada empresa. Para cada empregado, temos:

- Idade;
- Peso;

- Altura;
- Colesterol (no último exame de sangue);
- Probabilidade de problemas cardiovasculares.

E, para cada empregado, temos a probabilidade de ocorrência de problemas cardiovasculares, que é o "rótulo" ou "valor alvo", que foi calculada pelo médico da empresa.

Podemos usar análise de regressão para estudar o relacionamento dessas variáveis e criar um modelo que preveja as probabilidades para empregados novos, que ainda não foram examinados pelo médico.

Regressão é usada para prever um valor alvo, dadas as características de uma amostra.

10.1 Tipos de regressão

- **Linear**: Quando duas variáveis, uma independente (x) e outra dependente (y), se relacionam linearmente;

- **Multivariada ou múltipla**: Quando temos mais de uma variável independente;

- **Não linear**: Quando o relacionamento entre as variáveis explicativas e a variável dependente não segue uma reta. Pode ser polinomial ou com interação entre os atributos;

- **Logística**: Quando o rótulo é, na verdade uma ou mais classes. A regressão logística retorna a probabilidade do elemento pertencer a determinada classe. É mais utilizada para problemas de classificação.

10.2 Regressão linear simples

Atenção → Abra o notebook "regressao"

Este tipo de regressão nós já demonstramos em outros capítulos, mas vale a pena analisarmos mais detalhadamente. Vamos pegar o exemplo do capítulo inicial.

CAPÍTULO 10 Regressão • 141

Temos um dataset contendo observações de pesos e alturas de alunos: "alunos.csv".

```
Pesos   Alturas
74      1.73
61      1.62
61      1.63
68      1.68
70      1.68
73      1.75
```

Vamos obter uma estatística básica:

```
summary(df) # média e mediana
sd(df$Pesos) # desvio padrão amostral dos pesos
sd(df$Alturas) #desvio padrão amostral das alturas
```

```
     Pesos            Alturas
Min.    :50.00    Min.    :1.490
1st Qu.:57.00    1st Qu.:1.570
Median :65.00    Median :1.650
Mean    :64.93    Mean    :1.650
3rd Qu.:73.00    3rd Qu.:1.725
Max.    :80.00    Max.    :1.830

9.07808449759619
0.0922367996721212
```

Notamos que o desvio padrão dos pesos é bem maior que o das alturas.

Usamos a função "lm()" (linear model) para criar um modelo de regressão linear, ajustando os coeficientes através do método dos Mínimos quadrados. O modelo de uma regressão linear simples tem essa fórmula:

$$\hat{y} = \beta_0 + \beta_1 x_1$$

Podemos traduzir como isto:

$$y = ax + b$$

Em outras palavras, é a equação de uma reta. Os coeficientes "β_0" e "β_1" são, respectivamente, o coeficiente linear e o angular da reta.

10.3 Erros e resíduos

Quando criamos um modelo estatístico, estamos lidando com probabilidades, portanto, diferenças poderão ocorrer. Há dois tipos de diferenças:

- **Erro**: É o desvio entre o valor real (geralmente desconhecido) e o valor estimado;

- **Resíduo**: É a diferença entre o valor estimado e o valor observado na amostra.

Como admitimos a possibilidade de erros, geralmente descrevemos um modelo de regressão adicionando isto:

$$Y = \beta_0 + \beta_1 X + \in$$

A fórmula inclui o termo do erro esperado (uma variável cuja média é zero).

10.4 Resultado da regressão

No nosso notebook criamos o modelo com estes comandos:

```
y <- df$Pesos
x <- df$Alturas
model <- lm(y ~ x)
summary(model)
```

A função "lm()" permite criar um modelo baseado em fórmula, onde o primeiro termo é a variável dependente (o que desejamos prever) e, depois do til, temos as variáveis independentes, ou os preditores. O til serve como um sinal de igual. Se tivéssemos mais de uma variável, poderia ser algo assim:

```
model <- lm(y ~ x + z)
```

A função "summary()" mostra muita coisa interessante:

```
Call:
lm(formula = y ~ x)

Residuals:
    Min      1Q  Median      3Q     Max
-3.0308 -0.9546 -0.0054  0.9438  3.2995

Coefficients:
             Estimate Std. Error t value Pr(>|t|)
(Intercept)  -95.9041     1.3167  -72.84   <2e-16 ***
x             97.4593     0.7966  122.34   <2e-16 ***
---
Signif. codes:  0 '***' 0.001 '**' 0.01 '*' 0.05 '.' 0.1 ' ' 1

Residual standard error: 1.268 on 297 degrees of freedom
Multiple R-squared:  0.9805,    Adjusted R-squared:  0.9805
F-statistic: 1.497e+04 on 1 and 297 DF,  p-value: < 2.2e-16
```

Vamos analisar cada elemento deste resultado, porém, podemos destacar o R-quadrado (em negrito) indicando que 98% dos desvios estão explicados pelo nosso modelo, o que é muito bom.

10.5 Resíduos

A primeira parte está relacionada com os resíduos, que são as diferenças entre os valores observados e os valores estimados pelo nosso modelo. Em um bom modelo, a distribuição dos resíduos deve se aproximar da distribuição normal. Esta é uma das condições de avaliação de uma regressão linear.

```
Residuals:
    Min      1Q   Median      3Q     Max
-3.0308 -0.9546 -0.0054  0.9438  3.2995
```

Temos 5 pontos de resíduos: Mínimo, primeiro quartil, mediana, terceiro quartil e máximo. A distribuição dos resíduos em torno da média deve ser normal (sino). Podemos ver isso nos nossos valores, pois a mediana está bem próxima de zero e os outros valores parecem ser bem simétricos. Parece uma distribuição normal padrão, certo? Isso é bom.

Há várias análises que podemos fazer com os resíduos, para avaliar a qualidade de um modelo de regressão. O R tem uma função "plot()" que pode ser utilizada com o modelo criado:

```
plot(model)
```

Esta função gera 4 gráficos envolvendo os resíduos.

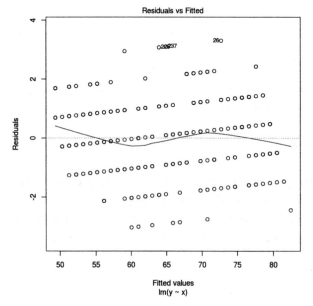

Figura 51: Resíduos x fitted

Ele deveria mostrar uma linha reta... Mas isto não significa que a relação seja diferente de linear, pois há outros indícios do contrário. Talvez, o tamanho da amostra esteja pequeno. Se você vir uma parábola, então, claramente o modelo linear não se aplicaria. Temos os resíduos no eixo das ordenadas e os valores estimados no eixo das abscissas.

Podemos avaliar pelo gráfico o nosso modelo. O site da PennState – stats 501 (https://onlinecourses.science.psu.edu/stat501/node/36) tem orientações bem interessantes.

Em um bom modelo:

- Os resíduos envolvem a linha horizontal de resíduo zero, de maneira aleatória, sem seguir um padrão distinto;
- Os resíduos formam uma linha aproximadamente reta, em torno da linha do resíduo zero, o que indica que a variância do termo de erro é igual;
- Nenhum resíduo se destaca do padrão aleatório básico dos outros resíduos, logo, não há "outliers".

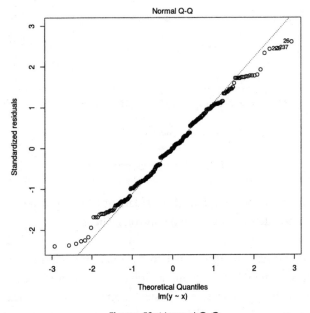

Figura 52: Normal Q-Q

O site da University of Virginia (http://data.library.virginia.edu/understanding-q-q-plots/) tem uma excelente definição.

Um gráfico Q-Q é um gráfico de dispersão criado com dois conjuntos de quartis, um contra o outro. Se os dois conjuntos vierem da mesma distribuição, veremos os pontos formarem uma linha aproximadamente reta.

No nosso caso, está mais ou menos assim, logo, o modelo parece bom.

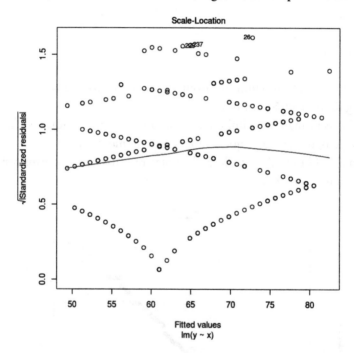

Figura 53: Scale-location

O site da University of Virginia (http://data.library.virginia.edu/diagnostic-plots/) tem uma boa definição deste e de outros gráficos.

Ele deveria mostrar uma linha aproximadamente reta, com os resíduos distribuídos aleatoriamente, sem tendências. Bem, a linha não está totalmente reta, mas também não é totalmente curva, e os resíduos aparentam estar aleatoriamente distribuídos em torno dela, mas há alguns "outliers" à esquerda, que dão um formato trapezoidal ao gráfico, e isto pode denotar um problema chamado de **Heterocedasticidade** (veremos adiante).

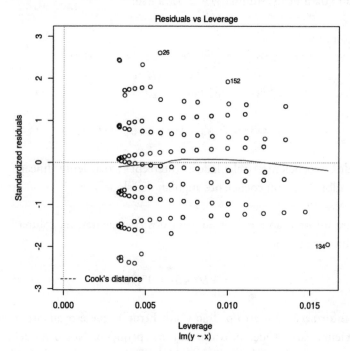

Figura 54: Residuals vs Leverage

Devemos procurar pontos muito afastados no canto superior ou inferior, pois estes poderiam alterar o resultado. Geralmente, são mostradas duas linhas tracejadas, chamadas de "Distância de Cook" (Cook's distance). Se um ponto estiver fora dos limites destas linhas, então é um "outlier" que está alterando ou influenciando a regressão, devendo ser retirado da amostra. Nesta imagem, quase não podemos ver as linhas da distância de Cook, o que é um bom sinal.

Temos alguns probleminhas com os resíduos, mas eles parecem estar distribuídos de forma normal, o que confirmaria o modelo. Vimos que nossa amostra está ligeiramente assimétrica e isto pode causar esses problemas.

A avaliação mais importante é se os resíduos parecem estar simétricos em torno da média (zero).

10.6 Coeficientes

O resultado da função "summary()" mostra isso:

```
Coefficients:
            Estimate Std. Error t value Pr(>|t|)
(Intercept) -95.9041    1.3167   -72.84  <2e-16 ***
x            97.4593    0.7966   122.34  <2e-16 ***
---
Signif. codes:  0 '***' 0.001 '**' 0.01 '*' 0.05 '.' 0.1 ' ' 1
```

Temos dois coeficientes calculados: Intercept (coeficiente linear) e "x" (o multiplicador de "x" ou coeficiente angular, ou "slope").

A primeira informação é o próprio valor dos coeficientes, na coluna "estimate". Isto nos dá um modelo:

$$y = 97{,}46x - 95{,}90$$

A outra informação é o erro padrão ("std. Error"), que é o quanto a estimativa do coeficiente varia. Queremos um número pequeno. Nosso modelo estima o peso com base na altura, logo, uma variação de 1 metro equivale a 97,46 quilos de peso, o que parece muito, mas lembre-se que estamos medindo em metros e que raramente uma pessoa mede mais de 2 metros. Se fosse em centímetros, poderíamos ter coeficientes menores.

Podemos dizer que o peso de uma pessoa pode variar 0,80 kg (std Error).

O t-value é o quanto a nossa estimativa de coeficiente está longe da média zero, em desvios padrões. Queremos que esteja bem longe, para rejeitar a hipótese nula, de que o coeficiente seria zero. Se o valor for muito próximo de zero, significa que não existiria relacionamento entre a variável e a previsão.

O p-value é a probabilidade do teste da hipótese de que o coeficiente seria zero. Neste caso, não haveria relacionamento entre as variáveis. Se for uma regressão múltipla, com várias variáveis independentes, significaria que aquela seria irrelevante para a previsão, e poderia ser retirada.

No nosso caso, os p-values são muito pequenos e, certamente, menores que 0,05 (lembra do teste de hipótese a 95%? É isso mesmo!

Note que há 3 asteriscos ao lado dos p-values, indicando que os coeficientes são significativos para a regressão. Há até uma legenda para isso:

```
Signif. codes:  0 '***' 0.001 '**' 0.01 '*' 0.05 '.' 0.1 ' ' 1
```

10.7 Erro padrão dos resíduos

Temos um "Residual Standard Error":

```
RResidual standard error: 1.268 on 297 degrees of freedom
```

Isto significa o quanto a resposta da regressão (o peso) pode se desviar da reta de regressão, que seria 1,27 kg. Como a média de peso da amostra é de 64,93 kg (é só dar um "print(summary(df))") isso representa uma variação de 1,96%.

10.8 Coeficiente de determinação

Temos os valores:

```
Multiple R-squared:  0.9805,    Adjusted R-squared:  0.9805
```

O valor "Multiple R-squared" é o valor do R-quadrado: 0,98, significando que 98% da variância do peso é explicada pela altura (nosso modelo), o que é muito bom.

O "Adjusted R-squared" é o valor do R-quadrado ajustado, que pode aumentar artificialmente em regressões múltiplas quando temos mais de uma variável independente (por exemplo, além da altura, usamos também a idade). Neste caso, podemos usar o R-quadrado ajustado ("Adjusted R-squared"), cuja fórmula é:

Onde "k" é a quantidade de estimadores (variáveis independentes) e o 1 somado é a constante (coeficiente linear).

10.9 Significância da regressão

É um teste de hipótese para a hipótese nula de que todos os coeficientes seriam zero:

```
F-statistic: 1.497e+04 on 1 and 297 DF,  p-value: < 2.2e-16
```

O ideal é que o valor "F-statistic" seja bem maior que 1, o que, no nosso caso é. E queremos que o p-value seja próximo de zero, o que também é. Logo, rejeitamos a hipótese nula de que todos os coeficientes seriam zero.

10.10 Predição

Podemos avaliar visualmente o resultado da nossa regressão. Vamos extrapolar a amostra, criando alturas extremas: 1,40 e 1,90 metros, e vamos prever os pesos:

```
df2 <- data.frame(x=c(1.40,1.90))
pesos2 <- predict(model,newdata = df2)
head(pesos2)

40.5389402181871
89.2686093440692
```

Segundo nosso modelo, um aluno com 1,40 m de altura deveria pesar 40,54 kg, e um aluno com 1,90 m deveria pesar 89,27 kg.

Agora fica fácil criar uma reta com esses pontos, que seria a nossa "reta de regressão". Se plotarmos o gráfico de dispersão dos pontos da amostra, junto com a reta, podemos avaliar visualmente o resultado:

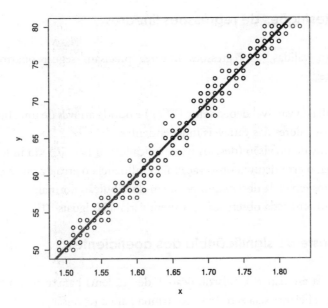

Figura 55: Gráfico do resultado

Podemos ver que os pontos "abraçam" a reta de regressão, sem nenhum ponto muito distante, e sem padrões diferentes. Os pontos parecem realmente seguir uma reta naquela direção.

Se os pontos sugerissem outro padrão diferente de uma reta, isso indicaria que o melhor modelo seria não linear. Veja isso na próxima figura.

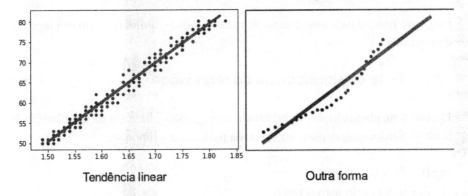

Figura 56: Comparando gráficos de resultados

10.11 Restrições de regressões lineares

Para serem válidas, as regressões lineares precisam seguir quatro restrições importantes:

1. A média da variável dependente (E(Y)) é obtida através de uma função linear entre os valores das variáveis independentes;
2. Os erros de previsão (desvios não explicados ou $(y_i - \hat{y}_i)$ são independentes, ou seja, o erro de uma observação não influencia o erro de outra observação;
3. Os erros em cada observação possuem distribuição normal;
4. Os erros em cada observação possuem variâncias iguais (σ^2).

10.12 Teste de significância dos coeficientes

Utilizamos a estatística T (distribuição T de Student) para avaliar a hipótese de que cada coeficiente seja zero (não contribua para a regressão):

- H_0: $\beta i = 0$
- H_a: $\beta i \neq 0$

Estabelecemos um nível de significância α, por exemplo 0,05 ou 0,01 e calculamos o valor p de cada regressão entre uma variável independente apenas e a variável dependente. Se o valor p for menor que o nível de significância, rejeitamos a hipótese nula, logo, aquela variável contribui para a regressão.

Este teste aparece para nós quando usamos a função «summary()» em um modelo de regressão.

10.13 Teste de significância da regressão

Há um teste chamado de "significância da regressão", baseado na distribuição F (Fisher–Snedecor) que pode ser utilizada para testar a hipótese:

H_0: $\beta_1 = \beta_2 = \beta_3 = \beta_k = 0$
H_a: $\beta_i \neq 0$ para pelo menos um i

O que isso quer dizer? Zerando os coeficientes e comparando com a regressão normal, obteríamos um modelo muito diferente? Se zerarmos os coeficientes, apenas o "intercept" determinará a reta de regressão. Fazermos uma regressão desta forma e calculamos a soma dos quadrados dos erros.

A estatística F pode ser obtida pela fórmula: $F = \dfrac{MSR}{MSE}$

Onde $MSR = \dfrac{\sum_{i=1}^{n}(\hat{y}_i - \overline{y})^2}{(k-1)}$

- k = número de parâmetros da regressão original;

E $MSE = \dfrac{\sum_{i=1}^{n}(y_i - \hat{y}_i)^2}{(n-k)}$

n = número de observações. Se usarmos um "intercept" ou coeficiente linear, então o denominador é: n − k − 1;

Depois, é só procurar o valor da estatística F na tabela da distribuição F ou usar uma função R, para encontrar o valor p. Se o valor p for menor que o nível de significância α escolhido, então pode rejeitar a hipótese nula.

Não se preocupe com as fórmulas! Neste livro, sempre usaremos funções das bibliotecas R para calcular as coisas, isto também já é feito para nós pela função "summary()".

10.14 Multicolinearidade

Ocorre em regressões multivariadas, quando duas ou mais variáveis independentes apresentam correlação entre si. Há uma discussão sobre os efeitos da multicolinearidade, já que pode ser muito difícil reduzi-la. Porém, se aceita que multicolinearidade severa pode gerar erros padrões elevados e afetar a estabilidade dos coeficientes.

Podemos detectar multicolinearidade utilizando o cálculo de VIF: Variation Inflation Factor ou FIV: Fator de Inflação da Variância para cada variável:

$$VIF_k = \frac{1}{1-R_k^2}$$

Onde:

- k = variável independente;
- R_k^2 = R^2 da regressão entre a variável em questão e as outras variáveis independentes;

Em R calculamos o VIF utilizando a função:

```
library(car)
vif(modelo)
```

Do pacote 'car'.

Se o valor do VIF para uma das variáveis for maior ou igual a 10, então a multicolinearidade é alta.

10.15 Heterocedasticidade

Uma das condições necessárias para a validade das inferências de uma regressão é que o termo do erro aleatório, ε, tenha uma variância constante para todos os níveis de variáveis independentes.

Quando esta condição é satisfeita, o modelo é dito Homocedástico. Quando são observadas variações desiguais para diferentes conjuntos de variáveis independentes, o modelo é dito Heterocedástico.

Fica mais fácil entender com uma visualização:

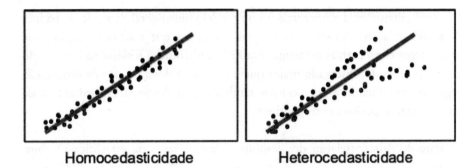

Figura 57: Homocedasticidade e Heterocedasticidade

Qual a diferença entre essas duas imagens? A da esquerda parece até um galho de jabuticabeira, com as observações em torno da reta de regressão. A da direita parece com uma corneta, na qual encaixamos uma vara. Brincadeiras à parte, os erros não estão distribuídos de maneira uniforme, variando conforme "x".

Quando temos um modelo heterocedástico, não podemos fazer testes de hipóteses confiáveis, com problemas na determinação dos desvios das previsões.

Em R podemos usar a função "ncvTest()", da biblioteca 'car', para rodar testes de heterocedasticidade:

```
ncvTest(model)

Non-constant Variance Score Test
Variance formula: ~ fitted.values
Chisquare = 0.8242639    Df = 1     p = 0.3639365
```

Se o valor p resultante for menor que o nível de significância (por exemplo, 0,05) então a hipótese nula, de que o modelo é homocedástico, é rejeitada.

10.16 Autocorrelação dos resíduos

Significa que o erro de hoje está influenciando o de amanhã. É uma situação em que os resíduos estão correlacionados, e ocorre frequentemente em séries de dados temporais.

O efeito causado pela autocorrelação no modelo linear geral depende do padrão de autocorrelação. Um dos padrões mais comuns é que a autocorrelação entre observações consecutivas no tempo é positiva. Quando o resíduo na observação em t é positivo (y observado maior que o esperado), logo o valor da observação seguinte (t+1) tende a ser positivo também. Isto demonstra a existência de autocorrelação positiva entre resíduos.

O teste de Autocorrelação dos resíduos é feito através da estatística Durbin-watson:

$$dw = \frac{\sum_{t=2}^{T}(e_t - e_{t-1})^2}{\sum_{t=1}^{T}e_t^2}$$

O valor calculado fica entre 0 e 4, sendo interpretado assim:

- valor = 2: Não há autocorrelação;
- valor < 2: Há evidências de autocorrelação positiva;
- valor > 2: Há evidências de autocorrelação negativa;
- valor próximo de 0: Forte autocorrelação positiva;
- valor próximo de 4: Forte autocorrelação negativa.

Em R, calculamos isso com a função "durbinWatsonTest()", da biblioteca "car":

```
library(car)
durbinWatsonTest(model)

 lag Autocorrelation D-W Statistic p-value
   1      -0.2504768       2.479978   0.354
 Alternative hypothesis: rho != 0
```

10.17 Outros testes

Há vários outros testes que podemos fazer, por exemplo, verificar a normalidade da probabilidade de distribuição dos erros, mas acredito que estes sejam suficientes para avaliarmos bem nosso modelo de regressão.

10.18 Regressão múltipla

Também chamada de "multivalorada". É uma regressão cujo modelo utiliza mais de uma variável independente, por exemplo, usar altura e idade para tentar calcular o peso. Em uma regressão múltipla, temos esta fórmula:

$$y = \beta 0 + x1\beta 1 + x2\beta 2 + \ldots + xn\beta n$$

Cada valor Beta (β) é um coeficiente a ser estimado pela função de regressão. O resultado desta equação não é uma reta, mas um plano.

Todos os cuidados que tomamos com a avaliação da regressão simples tornam-se críticos na regressão múltipla.

A regressão multivariada ou múltipla ocorre quando temos mais de uma variável independente. Neste caso, em vez de uma reta, você tem um plano, caso sejam até 3 variáveis, ou então uma figura multidimensional.

Sendo bastante sincero com você, se houver múltiplas variáveis, talvez o modelo linear não se aplique. Você pode tentar aumentar a ordem do polinômio ou acrescentar interações (multiplicações) entre as variáveis, para ver se melhora a avaliação.

Hoje em dia, há outros algoritmos mais apropriados para lidar com múltiplas variáveis, como veremos depois.

Um modelo de regressão multivariada é uma fórmula como esta:

$$\hat{y}_1 = \beta_0 + \beta_1 x_i + \beta_2 x_i + \ldots + \beta_n xi + \in$$

Temos que descobrir os coeficientes (β_n) das variáveis independentes e o intercept (β_0).

O método dos mínimos quadrados (OLS – Ordinary Least Squares) ainda pode ser utilizado como mecanismo para encontrar esses coeficientes (e o intercept), permitindo-nos criar uma equação que preveja o valor esperado da variável dependente.

10.19 Um exemplo

Atenção → Notebook: "server_load".

Obter dados para regressões multivariadas não é fácil. Ou há problemas de copyright, ou o modelo não é exatamente linear, ou mesmo há erros com o processo. Eu tive mais sorte. Peguei um dataset baseado em observações sobre o desempenho de um website (o tempo total de processamento de um "request" HTTP).

Tive que "manipular" os dados, e deixei apenas uma pequena amostra. A questão é que, depois de algumas observações, um dos discos (HD) apresentou problemas e influenciou muito os tempos, gerando "outliers". Eis os dados:

Duracao_media_ms Requests_média	Perc_medio_CPU	Load_avg_minute	
150	10.580584	0.6547530	72
140	9.957563	0.5304159	120
150	10.718390	0.7739702	200
155	10.975842	0.5812908	85
140	9.824099	0.6504205	56
150	10.552237	0.5846244	230

Criei o modelo de regressão e obtive as estatísticas:

```
model <- lm(df$Duracao_media_ms ~ df$Perc_medio_CPU + df$Load_
avg_minute + df$Requests_média)
summary(model)
```

Call:

```
lm(formula = df$Duracao_media_ms ~ df$Perc_medio_CPU + df$Load_
avg_minute +
    df$Requests_média)
```
Residuals:

```
    Min      1Q   Median      3Q     Max
-28.598 -12.485  -0.115  10.901  32.169
```

Coefficients:

```
                    Estimate Std. Error t value Pr(>|t|)
(Intercept)        2.079e+01  6.316e+00   3.292  0.00296 **
df$Perc_medio_CPU  2.873e-01  2.847e-01   1.009  0.32262
df$Load_avg_minute 1.944e+02  3.828e+00  50.799  < 2e-16 ***
df$Requests_média  2.119e-02  9.605e-03   2.206  0.03681 *
---
Signif. codes:  0 '***' 0.001 '**' 0.01 '*' 0.05 '.' 0.1 ' ' 1

Residual standard error: 15.5 on 25 degrees of freedom
Multiple R-squared:  0.9995,    Adjusted R-squared:  0.9995
F-statistic: 1.755e+04 on 3 and 25 DF,  p-value: < 2.2e-16
```

Vemos um R-quadrado ajustado muito alto, mas isto não significa necessariamente que o modelo seja bom.

A distribuição dos resíduos mostra uma certa assimetria:

Residuals:

```
    Min      1Q   Median      3Q     Max
-28.598 -12.485  -0.115  10.901  32.169
```

E plotei os gráficos de resíduos com "plot(model)". Veja no modelo as figuras. Vou resumir o que vi:

- Residuals vs Fitted: Mostra uma linha aproximadamente reta;
- Normal Q-Q: Segue uma linha aproximadamente reta, com desvios nos extremos;
- Scale-location: A linha tende a ser uma parábola, e há muitos "outliers";
- Residuals vs Leverage: Ainda estamos dentro da distância de Cook.

Observe a figura no notebook e procure identificar essas características. Isto é muito importante!

Avaliei a Multicolinearidade:

```
library(car)
vif(model)
```

```
df$Perc_medio_CPU   17.7018743552122
df$Load_avg_minute  19.506189738464
df$Requests_média    1.64510975241899
```

Bem, temos duas variáveis com valores maiores que 10 e isto é um grande problema.

Depois, avaliei a **homocedasticidade** do modelo, ou seja, a variância dos erros deve ser constante:

```
ncvTest(model)
```

```
Non-constant Variance Score Test
Variance formula: ~ fitted.values
Chisquare = 0.8242639    Df = 1     p = 0.3639365
```

Como o valor-p é maior que 0,05, o modelo é homocedástico. Não podemos rejeitar a hipótese nula de que ele seja homocedástico. Porém, devemos lembrar que a análise do gráfico "Residuals vs fitted" revelou uma linha com tendência curva, o que indica heterocedasticidade.

Finalmente, resta avaliar a **autocorrelação dos resíduos**, com o teste de Durbin Watson:

```
durbinWatsonTest(model)
```

```
 lag Autocorrelation D-W Statistic p-value
  1      -0.2504768       2.479978   0.354
```

```
Alternative hypothesis: rho != 0
```

A hipótese nula é que não há autocorrelação, e, pelo valor-p, não podemos rejeitá-la. Porém, outra interpretação é que o valor da estatística sendo maior que 2 (2.48) significaria que temos autocorrelação negativa.

10.20 Conclusões da regressão múltipla

Apesar de o modelo linear parecer ser adequado, temos algumas suspeitas de heterocedasticidade, multicolinearidade e autocorrelação dos resíduos (embora menor). Além disto, detectamos que uma das variáveis não é significativa para a regressão (Perc_medio_CPU).

O melhor seria coletar mais amostras e verificar se as variáveis realmente estão contribuindo para a regressão. Talvez retirando ou acrescentando.

10.21 Regressão não linear

Podemos criar modelos de regressão utilizando outras funções, que não sejam retas ou planos. Podemos incluir interação entre variáveis (multiplicar uma pela outra), ou criar outros modelos (logarítmicos, exponenciais etc.).

Para este tipo de relacionamento, é melhor utilizarmos outros algoritmos.

CAPÍTULO 11

Regressão com árvore de decisão

Há outros algoritmos para realizar trabalhos de regressão (prever uma variável numérica), que não são baseados em mínimos quadrados.

11.1 Machine Learning

Neste caso, vamos entrar no terreno de **"Machine learning"** (aprendizado de máquina), caracterizado por algoritmos capazes de "aprender" com os dados e fazerem previsões. A regressão linear (ou não) também é capaz disso, como vimos, mas, como é mais antiga, não é tão "fashion", como "Decision Trees" ou "SVM".

Nesta categoria de Machine learning, temos subcategorias de técnicas:

- Aprendizado supervisionado: Supervised learning. Quando ensinamos o algoritmo usando dados de treinamento;

- Aprendizado não supervisionado: Unsupervised learning. Quando o algoritmo é capaz de realizar sua tarefa sem treinamento algum;

- Aprendizado por reforço: Reinforcement learning. Quando o algoritmo tem que aprender seu trabalho, através de recompensas ou punições. Por exemplo, se ele acertar, é recompensado.

Vamos ver as técnicas de supervised learning.

11.2 Decision Trees

Há vários algoritmos e técnicas que podem ser utilizados para fazer uma análise de regressão, que é prever um valor numérico com base em variáveis aleatórias amostrais. Entre eles temos "Decision Tree", que utiliza árvore de decisão para partir dos valores observados até chegar ao valor previsto para um determinado elemento. São muito bons para modelos não lineares.

Atenção → Notebook "regressao-nao-linear".

11.3 Gerando dados

No exemplo, eu mesmo gerei os dados. O motivo para isso é que quando usamos dados de datasets públicos ou de observações, nem sempre temos bons resultados e, como o objetivo é transmitir o conhecimento, temos que facilitar de alguma forma. Provavelmente, os datasets que você verá por aí não apresentaram tão bons indicadores. Eu gerei 3 variáveis, obviamente relacionadas:

```
set.seed(42)
X = seq(from = 1.5, to = 3.0, length.out = 100)
set.seed(42)
Y <- unlist(lapply(X, function(x) {x^4 + runif(1)*6.5}))
set.seed(42)
Z <- unlist(lapply(X*Y, function(x) {x + runif(1)*3.2}))
```

Ok, peguei "pesado"... Vou explicar cada comando.

Para começar, eu vou utilizar gerador de números aleatórios. Isto é bom. O problema é que, cada vez que eu rodar novamente o exemplo, outros números serão gerados. Eu quero gerar sequências aleatórias, mas, reutilizá-las. Então eu uso a função "**set.seed**()", passando um número inteiro qualquer. Este número será utilizado como "raiz" para criação de sequências aleatórias.

A função "seq()" cria uma sequência de números, dentro do intervalo especificado, e com a quantidade de elementos indicada. O "from" indica o valor inicial e o "to", o final. O argumento "length.out" é a quantidade total de elementos a serem criados.

A função "lapply()" aplica uma função R aos elementos de uma lista ou vetor. Calma que eu explico... Eu quero gerar dados relacionados, para poder rodar uma regressão. Eu já tenho os valores de X, agora, eu quero valores de Y que sigam os valores de X, mas que gerem uma função ligeiramente curva. Eu quero pegar cada elemento de X, elevar à quarta potência e somar um valor aleatório (para introduzir um "ruído"). Eis a função que eu quero aplicar:

1. Obtenha um valor;
2. Eleve à quarta potência;
3. Adicione um número aleatório.

Esta função em R faz exatamente isso:

```
function(x) {x^4 + runif(1)*6.5}
```

Ela recebe um valor "x" como argumento, depois o eleva à quarta potência, e soma um valor aleatório (multiplicado por 6,5). Como o valor aleatório fica entre zero e um, eu consigo gerar um ruído interessante. A função "runif()" retorna tantos valores aleatórios quantos quisermos, neste caso, eu quero apenas 1.

A função "lapply()" retornará uma Lista, mas eu quero um Vetor, então uso a função "unlist()" para transformar o resultado em vetor.

Pronto!

Ao terminar, tenho 3 vetores: X, Y e Z, que formam a minha amostra.

Seria legal "ver" esses dados, não? Como são apenas 3 dimensões (X, Y e Z) é possível plotar um belo gráfico 3D. Para isto, temos que instalar o pacote "scatterplot3d". No Notebook há um comando comentado, que instala o pacote (descomente-o e execute):

```
install.packages('scatterplot3d')
```

Agora, é só declarar a biblioteca para podermos usar:

```
library(scatterplot3d)
```

Para plotar o gráfico basta invocar a função "scatterplot3d()":

```
scatterplot3d(X, Y, Z, highlight.3d=TRUE, col.axis="blue",
    col.grid="lightblue", main="Dados", pch=20)
```

Veja o resultado na figura:

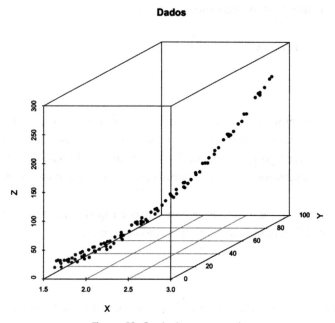

Figura 58: Os dados que gerei

Legal, não? Se você olhar no Notebook, verá que as cores variam, do mais claro para o mais escuro, conforme os pontos se afastam de você. Isto é o resultado do argumento: "highlight.3d=TRUE". E o argumento "pch" indica o tipo de caracter a ser utilizado (bola cheia).

Como pode ver, nossos dados são baseados em três dimensões, considerando o "Y" como variável dependente.

Primeiramente, eu trabalhei apenas com uma variável independente (o "X"):

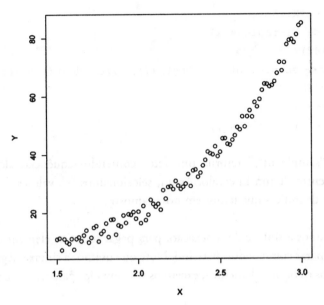

Figura 59: Apenas X e Y

11.4 Dividindo a amostra

Sempre que trabalhamos com Machine Learning, devemos separar os dados para "treino" do modelo, dos dados para teste. Este procedimento nos permite sabermos como o modelo se comportará com dados que nunca viu, evitando introduzirmos viés por usarmos sempre os mesmos dados.

Eu recomendaria algo mais radical: Separe uma amostra diferente para desenvolver o modelo, criando dados de treino e de teste, e deixe outra amostra, coletada em período diferente, para validar o modelo.

Podemos separar 75% das linhas da amostra para treinar o algoritmo e 25% para testá-lo. Assim, teremos certeza que testaremos o modelo com dados que ele nunca viu. Podemos fazer desta forma:

```
set.seed(42)
indices_x <- sample.int(n = length(X), size = floor(.75*length(X)),
replace = FALSE)
```

```
x_treino <- X[indices_x]
x_teste  <- X[-indices_x]
set.seed(42)
indices_y <- sample.int(n = length(Y), size = floor(.75*length(Y)),
replace = FALSE)
y_treino <- Y[indices_y]
y_teste  <- Y[-indices_y]
```

A função "sample.int()" retorna um vetor contendo sequências aleatórias de números dentro de um intervalo. Assim, selecionamos "n" valores de índice da quantidade de índices que temos em nossa amostra.

Depois, usamos a sintaxe de indexação, para pegar todos os elementos daqueles índices e separar como dados de treino. Note que usamos a sintaxe negativa, para incluir todos os outros elementos, exceto os selecionados para treino, como dados de teste.

Fiz isso com o X e com o Y, logo, tenho vetores com elementos de treino e teste para ambas as variáveis.

11.5 Profundidade e overfitting

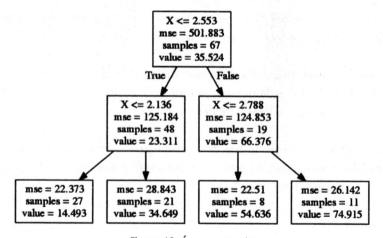

Figura 60: Árvore gerada

As árvores de decisão podem ter profundidades diferentes. A profundidade é o tamanho (em camadas) desde a raiz até a folha:

Na figura vemos uma árvore de decisão gerada com profundidade máxima de 2 níveis. Quanto mais níveis, maior o poder computacional exigido e melhor será a previsão para os dados.

Isso nos leva ao conceito de "overfitting", que é quando o modelo se ajusta bem demais nos dados conhecidos, porém, não consegue o mesmo resultado em dados para os quais não foi treinado.

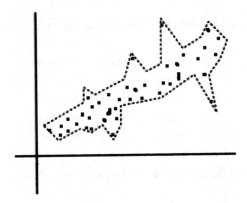

Figura 61: Simulação de overfitting

Como pode ver na figura, a linha pontilhada inclui tão bem a nossa amostra, que chega a contornar todas as "pontas". Porém, se submetermos dados desconhecidos a este modelo, provavelmente ele falhará na previsão.

11.6 Treinando o modelo

O código R abaixo cria e treina o modelo de regressão:

```
library(rpart)
df_treino <- data.frame(x = x_treino, y = y_treino)
y <- df_treino$y
x <- df_treino$x
modelo <- rpart(y ~ x, method = "anova")
summary(modelo)
```

Para começar, eu criei um Dataframe com os nossos vetores. A função "rpart()" cria um modelo com base em fórmula. Neste caso, "y" depende de "x". O argumento "method" indica se queremos uma árvore de regressão ou classificação. Neste caso, "anova" significa que queremos criar um modelo de regressão.

A função "summary()" lista os resultados do nosso modelo, com muita informação. Porém, eu vou mostrar uma função mais interessante: rsq.rpart().

Esta função mostra o gráfico de R-quadrado para cada quantidade de divisões que temos em nossa árvore.

Cada vez que um nó é dividido em dois, temos um "split":

```
         CP nsplit rel error  xerror     xstd
1  0.771909      0   1.00000 1.03287 0.126546
2  0.103518      1   0.22809 0.24554 0.037148
3  0.061513      2   0.12457 0.14185 0.019953
4  0.010000      3   0.06306 0.08240 0.011290
```

Ele chegou a 4 níveis de altura, com 3 "splits". E o gráfico ao qual me referi é o da próxima figura:

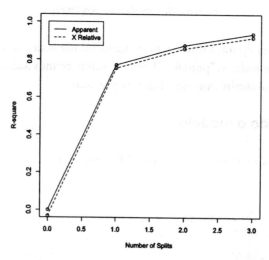

Figura 62: R-quadrado vs quandidade de "splits"

Note que para 3 "splits" chegamos a um R-quadrado maior que 0,8, logo estamos com um modelo bem interessante.

Podemos também plotar a própria árvore gerada com estas duas funções:

```
plot(modelo, uniform=TRUE, main="Árvore gerada»)
text(modelo, use.n=TRUE, all=TRUE, cex=.8)
```

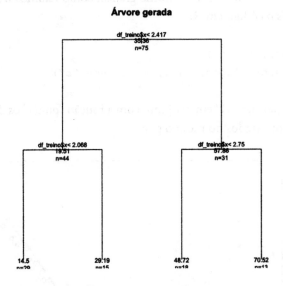

Figura 63: Árvore de decisão criada

11.7 Fazendo predições e comparando

Agora, podemos usar os dados de teste e fazer algumas previsões. Para isto, vamos usar a função "predict()":

```
df_teste <- data.frame(x = x_teste, y = y_teste)

y <- df_teste$y
x <- df_teste$x
predicoes <- predict(modelo, newdata = df_teste)
```

Desta vez, eu estou usando os dados de teste, que separei no início. A função "predict()" tem um argumento "newdata" que substitui os valores de "x" no modelo original. Com isto, eu obtenho um vetor "predicoes" com os valores de "y" que o modelo calculou. Note que os valores de "x" são desconhecidos para o modelo.

Podemos plotar os dois dados juntos: Os dados de treino e os dados de teste com as predições. Isto nos mostrará, de forma gráfica, como estamos nos saindo com este modelo. Eis o código em R:

```
plot(x_treino,y_treino)
lines(x_teste,predicoes,col=2,lwd=3,type="b")
```

Se eu usar a função "lines()" em conjunto com a função "plot()" os dois conjuntos de dados serão mostrados no mesmo gráfico:

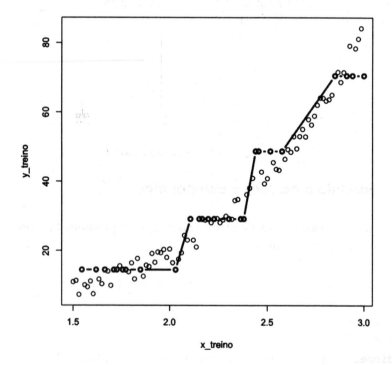

Figura 64: Nossa previsão

Na função "lines()" eu mandei desenhar pontos com linhas conectadas, para diferenciar dos pontos dos dados de treino. Essa linha liga os pontos gerados pelo nosso modelo. Podemos ver que não estamos tão ruins assim, já que os pontos estão sendo criados dentro do padrão da figura.

11.8 Decision tree tridimensional

Vamos usar o conjunto original de dados, incluindo a dimensão Z:

```
set.seed(42)
indices_x <- sample.int(n = length(X), size = floor(.75*length(X)),
replace = FALSE)
x_treino <- X[indices_x]
x_teste  <- X[-indices_x]
set.seed(42)
indices_y <- sample.int(n = length(Y), size = floor(.75*length(Y)),
replace = FALSE)
y_treino <- Y[indices_y]
y_teste  <- Y[-indices_y]
set.seed(42)
indices_z <- sample.int(n = length(Z), size = floor(.75*length(Z)),
replace = FALSE)
z_treino <- Z[indices_z]
z_teste  <- Z[-indices_z]
```

É basicamente a mesma coisa que fizemos anteriormente, apenas acrescentando os dados de treino e teste para a dimensão "Z" (outra variável independente).

Geramos o modelo de maneira semelhante ao que fizemos anteriormente:

```
df_treino <- data.frame(x = x_treino, y = y_treino, z = z_treino)
y <- df_treino$y
x <- df_treino$x
z <- df_treino$z
modelo <- rpart(y ~ x + z, method = "anova")
summary(modelo)
```

Notou a diferença na fórmula? Agora, "y" depende de "x" e de "z"!

Para fazer predições, é só invocar a função "predict()", como eu já fiz anteriormente:

```
df_teste <- data.frame(x = x_teste, y = y_teste, z = z_teste)
y <- df_teste$y
x <- df_teste$x
z <- df_teste$z
predicoes <- predict(modelo, newdata = df_teste)
```

Bem, agora, seria legal plotarmos os dados com nossas predições. E vamos fazer isso com aquela função "scatterplot3d", que eu utilizei no início. Vejamos o código:

```
plot1 <- scatterplot3d(X, Y, Z, highlight.3d=TRUE, col.axis="blue",
        col.grid="lightblue", main="Dados", pch=20)
plot1$points3d(df_teste$x, predicoes, df_teste$z, col = 4,
pch=13, cex=3)
```

Eu já mostrei como usar a função, porém, como eu quero plotar os pontos da predição junto com os pontos dos dados originais, logo, tenho que salvar o resultado da primeira chamada à "scatterplot3d()" em uma variável ("plot1"). Depois, é só invocar o "método" "points3d()" usando essa variável. E eu usei os argumentos "pch", para mudar o caractere utilizado (para um "alvo"), o argumento "col" para especificar a cor azul, e o argumento "cex" para especificar um tamanho maior. O resultado foi esse:

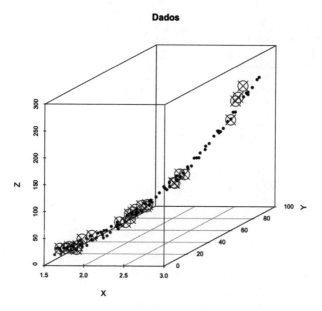

Figura 65: O modelo com as predições

Podemos observar que as predições seguem muito bem os dados, havendo um "fit" perfeito. Isso pode ser "overfitting"... Seria interessante termos mais dados para comparar. Como eles foram gerados, isso não agregará valor, mas, se estivéssemos trabalhando com dados reais, seria o caso de coletar mais amostras para validar o modelo.

CAPÍTULO 12

Classificação

Este capítulo é sobre classificação. O que é classificação? Segundo a Wikipedia:

> Em classificação, entradas são divididas em duas ou mais classes, e o aprendiz deve produzir um modelo que vincula entradas não vistas a uma ou mais dessas classes (classificação multietiquetada). Isso é tipicamente abordado de forma supervisionada. A filtragem de spam é um exemplo de classificação, em que as entradas são as mensagens de e-mails (ou outros) e as classes são "spam" ou "não spam".

Os problemas de classificação são aqueles em que desejamos prever uma variável categórica. Podem ser de classificação binária, caso a categoria a ser prevista tenha apenas dois valores (sim e não, verdadeiro ou falso).

Podemos ter casos em que desejamos classificar dados em categorias multivaloradas, usando vários tipos de entradas, como: Imagens e Sons, por exemplo.

Neste capítulo, veremos algumas técnicas de supervised learning para classificação.

Existem vários algoritmos para classificação, entre eles:

- Regressão logística;
- Árvores de decisão;
- SVM – Support Vector Machine.

Vamos começar com a regressão logística.

12.1 Regressão logística

O modelo da regressão logística é dado pela fórmula:

$$p_i = \frac{1}{1+e^{-(\beta_0+\beta_1 x_1+...+\beta_k x_k)}}$$

Onde

$$\beta_0 + \beta_1 x_1 + ... + \beta_k x_k$$

É a combinação linear das variáveis independentes, cujos coeficientes são calculados pelo método da verossimilhança.

O gráfico da função logística é algo como um "s":

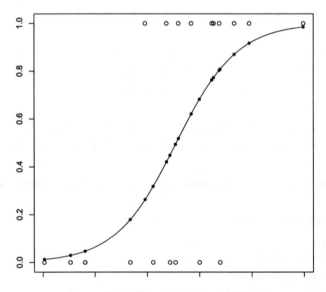

Figura 66: Gráfico da função logística

O valor de resposta varia de zero a um, sendo a probabilidade de ele ser mais próximo de zero ou um. Nós o arredondamos para ter um valor binomial.

12.2 Churn prediction

Atenção → Notebook: churn_prediction_logistica

Um problema popular de classificação é o "Churn prediction", ou "Predição de evasão". Pode ser aplicado a diversos modelos de negócio, como: Escolas, Cursos ou Serviços continuados. Todo aquele negócio em que o relacionamento com o cliente é longo e dependemos dele para faturar.

Há algum tempo, quando eu lecionava em uma instituição de ensino, passamos por uma situação em que o "churn" (a evasão) de alunos aumentou bastante. Fui encarregado de entender os motivos do abandono e criar medidas proativas para reter esses alunos.

Então, depois de um levantamento intenso, coletamos amostras e realizamos um estudo que nos permitiu criar um modelo preditivo, com o qual, orientamos campanhas de retenção de alunos em risco de evasão, com medidas como: ofertas de bolsas, aulas de reforço e trabalhos extraordinários, para recuperar as médias.

Eu tentei recuperar o máximo que pude dos dados e tive que filtrar várias coisas, para evitar identificação do curso. É claro que isso afetou um pouco os resultados, porém, mesmo assim, pode ser utilizado para explicar classificação binária.

O objetivo é obter um modelo que ao ser alimentado com dados de alunos, retorne um valor binário, indicando se sim (1) ele está no grupo de risco de evasão, ou não (0) ele não está no grupo de risco de evasão.

Antes de continuar, preciso falar um pouco mais sobre como selecionamos os alunos e suas características. Para começar, retiramos da amostra os alunos beneficiados com bolsas maiores que 50% de desconto, pois estes são controlados por sistemas diferentes e perdem a bolsa automaticamente.

Depois, especificamos o período de coleta, que deveria ser semanal, iniciando-se logo após as notas da primeira prova terem sido lançadas.

As características do dataset ("evasao.csv") são:

- "periodo" : O período em que o aluno está no momento da coleta;
- "bolsa" : Percentual de bolsa de estudos com o qual o aluno foi beneficiado;
- "repetiu" : Quantas disciplinas o aluno falhou em aprovação;
- "ematraso" : Se o aluno está com mensalidades atrasadas;
- "disciplinas" : Quantas disciplinas o aluno está cursando no período da coleta;
- "faltas" : Quantas faltas o aluno teve no período, até o momento da coleta;
- "desempenho" : A mediana das notas das disciplinas que ele está cursando no período da coleta;
- "abandonou" : Se o aluno abandonou o curso ou não.

Coletamos os dados em dois períodos e depois os utilizamos para prever a evasão no período seguinte, e fomos acompanhando por algum tempo.

Para considerar se o aluno abandonou ou não o curso, quando ele trancou a matrícula, não reabriu a matrícula ou passou a faltar muitas aulas, sendo reprovado por isto.

Houve alguns problemas no levantamento que certamente afetaram o modelo, mas, como eu disse, nós o utilizamos com sucesso evitando cerca de 30% de evasão no período em que começamos a usá-lo para orientar campanhas proativas de recuperação de alunos.

Preparando os dados

Precisamos verificar como está o dataset, por exemplo, há dados faltando? Precisaremos igualar a escala dos preditores? Uma boa maneira de começar é essa:

```
df <- read.csv('evasao.csv')
head(df)
str(df)
summary(df)
```

Temos esse resultado da função "str()":

```
'data.frame': 300 obs. of  8 variables:
 $ periodo    : int  2 2 4 4 1 5 9 2 9 5 ...
```

```
$ bolsa        : num  0.25 0.15 0.1 0.2 0.2 0.2 0.1 0.15 0.15
0.15 ...
$ repetiu      : int  8 3 0 8 3 2 6 3 7 3 ...
$ ematraso     : int  1 1 1 1 1 1 1 0 1 0 ...
$ disciplinas: int  4 3 1 1 1 2 1 2 5 1 ...
$ faltas       : int  0 6 0 0 1 0 1 2 10 1 ...
$ desempenho  : num  0 5.33 8 4 8 ...
$ abandonou    : int  1 0 0 1 0 1 0 1 0 0 ...
```

E temos esses resultados da função "summary()":

```
    periodo              bolsa              repetiu             ematraso
Min.   : 1.00      Min.   :0.0000     Min.   :0.000      Min.   :0.0000
1st Qu.: 3.00      1st Qu.:0.0500     1st Qu.:0.000      1st Qu.:0.0000
Median : 5.00      Median :0.1000     Median :2.000      Median :0.0000
Mean   : 5.46      Mean   :0.1233     Mean   :2.777      Mean   :0.4767
3rd Qu.: 8.00      3rd Qu.:0.2000     3rd Qu.:5.000      3rd Qu.:1.0000
Max.   :10.00      Max.   :0.2500     Max.   :8.000      Max.   :1.0000
  disciplinas            faltas            desempenho           abandonou
Min.   :0.000      Min.   : 0.000     Min.   : 0.000     Min.   :0.00
1st Qu.:1.000      1st Qu.: 0.000     1st Qu.: 0.400     1st Qu.:0.00
Median :2.000      Median : 1.000     Median : 2.000     Median :0.00
Mean   :2.293      Mean   : 2.213     Mean   : 2.623     Mean   :0.41
3rd Qu.:4.000      3rd Qu.: 4.000     3rd Qu.: 4.000     3rd Qu.:1.00
Max.   :5.000      Max.   :10.000     Max.   :10.000     Max.   :1.00
```

Como podemos verificar se há linhas com valores faltando? Uma maneira é usar a função "table()":

```
table(is.na(df))

FALSE
 2400
```

Se estiver faltando algum valor em alguma linha, esta função mostrará TRUE. No nosso caso, mostrou FALSE, então não precisamos nos preocupar com isso.

Quanto à escala, como vamos usar Regressão logística, isso não é importante. Porém, se você for utilizar outros algoritmos, como SVM, por exemplo, é melhor padronizar a escala dos valores dos preditores.

Separando dados de treino e de teste

Na vida real, nem sempre temos como coletar dados a todo o momento. E, como vamos "treinar" o modelo, queremos saber o quão adequado ele está. Uma boa prática é separar nossa amostra em dois conjuntos de dados: Treino e Teste. Nós preparamos o modelo com os dados de Treino e o avaliamos com os dados de Teste. Assim, poderemos testá-lo com dados que ele nunca "viu".

Em R é bem simples separar os dados:

```
n <- nrow(df)
set.seed(42) # Isto é apenas para forçar a mesma escolha.
limite <- sample(1:n, size = round(0.75*n), replace = FALSE)
train_df <- df[limite,]
test_df <- df[-limite,]
```

Estamos usando a função "sample()" para pegar 75% das linhas do dataframe original, separando-as para treino do modelo, e deixando 25% finais para teste. O resultado da função "sample()" é um vetor de índices. Atribuímos a "train_df" as linhas cujo índice está neste vetor, e a "test_df", as linhas cujo índice não está no vetor.

```
modelo <- glm('abandonou ~ periodo + bolsa + repetiu + ematraso
+ disciplinas + faltas + desempenho', data = train_df, family =
'binomial')
summary(modelo)
```

Parece muito com a função "lm()", certo? A diferença é o parâmetro "family", que estamos passando como "binomial", indicando que desejamos um modelo logístico (logit). O "summary()" do modelo nos mostra coisas interessantes sobre ele:

```
Call:
glm(formula = "abandonou ~ periodo + bolsa + repetiu + ematraso
+ disciplinas + faltas + desempenho",
    family = "binomial", data = train_df)

Deviance Residuals:
   Min      1Q   Median      3Q     Max
-2.1118  -0.8458  -0.4490  0.9895  1.8442

Coefficients:
             Estimate Std. Error z value Pr(>|z|)
(Intercept) -1.22157    0.55658  -2.195 0.028180 *
periodo     -0.03821    0.05343  -0.715 0.474563
bolsa        0.33331    1.79914   0.185 0.853026
repetiu      0.38381    0.06928   5.540 3.03e-08 ***
ematraso     0.45097    0.31782   1.419 0.155920
disciplinas  0.13612    0.10848   1.255 0.209565
faltas       0.03512    0.06627   0.530 0.596155
desempenho  -0.26800    0.07315  -3.664 0.000249 ***
---
Signif. codes:  0 '***' 0.001 '**' 0.01 '*' 0.05 '.' 0.1 ' ' 1

(Dispersion parameter for binomial family taken to be 1)

    Null deviance: 305.12  on 224  degrees of freedom
Residual deviance: 247.74  on 217  degrees of freedom
AIC: 263.74

Number of Fisher Scoring iterations: 4
```

Nota: Se você esquecer de inicializar o gerador de números aleatórios, antes de separar os dados de treino e teste, verá valores ligeiramente diferentes dos meus. Isto não é um problema.

Repare as legendas de significância: Somente dois preditores efetivamente contribuem para o resultado: "repetiu" e "desempenho", o resto pode ser apenas coincidência.

Podemos rodar um teste ANOVA com a distribuição Qui-quadrado para confirmar nossas suspeitas. Este teste mostra o impacto da adição das variáveis sobre os desvios dos resíduos. As variáveis que provocarem maior alteração nos desvios possuem relevância para a regressão. Eis o resultado:

	Df	Deviance	Resid. Df	Resid. Dev	Pr(>Chi)
NULL	NA	NA	224	305.1220	NA
periodo	1	0.617576197	223	304.5044	4.319494e-01
bolsa	1	0.490419075	222	304.0140	4.837404e-01
repetiu	1	**35.991536814**	**221**	**268.0224**	**1.981764e-09**
ematraso	1	1.144289681	220	266.8781	2.847477e-01
disciplinas	1	3.025633226	219	263.8525	8.195832e-02
faltas	1	0.003532531	218	263.8490	9.526056e-01
desempenho	1	**16.109767574**	**217**	**247.7392**	**5.977494e-05**

Note que isso confirma a suspeita de que somente as variáveis "repetiu" e "desempenho" são relevantes para a regressão.
Somente as linhas que contêm os asteriscos são relevantes. Podemos construir um novo modelo retirando as outras variáveis:

```
train_r <- subset(train_df,select = c('repetiu','desempenho','abandonou'))

modelo2 <- glm('abandonou ~ repetiu + desempenho', data = train_r, family = 'binomial')
summary(modelo2)
anova(modelo2, test = "Chisq")
```

Sempre é bom retirarmos aquelas variáveis que pouco contribuem para o resultado geral, afinal de contas essa "contribuição" pode ser apenas coincidência, e nós ficamos com um modelo menor, contendo somente: "desempenho" e "repetiu".

```
Call:
glm(formula = "abandonou ~ repetiu + desempenho", family =
```

```
"binomial",
    data = train_r)

Deviance Residuals:
   Min       1Q    Median       3Q      Max
-2.1034  -0.8348  -0.5126   1.0583   1.8926

Coefficients:
             Estimate Std. Error z value Pr(>|z|)
(Intercept)  -0.74067    0.27015  -2.742 0.006113 **
repetiu       0.35462    0.06585   5.385 7.23e-08 ***
desempenho   -0.24450    0.06887  -3.550 0.000385 ***
---
Signif. codes:  0 '***' 0.001 '**' 0.01 '*' 0.05 '.' 0.1 ' ' 1

(Dispersion parameter for binomial family taken to be 1)

    Null deviance: 305.12  on 224  degrees of freedom
Residual deviance: 254.46  on 222  degrees of freedom
AIC: 260.46
```

Eis a estatística anova():

	Df	Deviance	Resid. Df	Resid. Dev	Pr(>Chi)
NULL	NA	NA	224	305.1220	NA
repetiu	1	35.92344	223	269.1985	2.052247e-09
desempenho	1	14.73577	222	254.4628	1.236775e-04

Testando o modelo

Vamos fazer predições e testar o modelo:

```
test_r <- subset(test_df,select = c('repetiu','desempenho','ab
andonou'))
resultados <- predict(modelo2,newdata = test_r, type = 'response')
```

```
resultados_ar <- ifelse(resultados > 0.5, 1, 0)
erroMedio <- mean(resultados_ar != test_r$abandonou)
print(paste('Precisão modelo reduzido:',1 - erroMedio))
```

Primeiro, retiramos do dataframe de teste as variáveis que não contribuem, deixando apenas "repetiu", "desempenho" e a variável dependente "abandonou".

Depois, usamos a função "predict()", indicando que desejamos as probabilidades de cada valor de resposta.

Podemos juntar tudo em um dataframe para vermos os resultados:

```
df_predicao <- data.frame(desempenho = test_r$desempenho,
                          repetiu = test_r$repetiu,
                          abandonou_obs = test_r$abandonou,
                          abandonou_pred = resultados_ar)
```

	desempenho	repetiu	abandonou_obs	abandonou_pred
3	8.000000	0	0	0
4	4.000000	8	1	1
7	2.000000	6	0	1
9	2.800000	7	0	1
11	2.666667	5	0	1
17	9.000000	0	0	0

Nosso erro foi mais por excesso de zelo, ou seja, consideramos que o aluno abandonou quando, na verdade, não aconteceu. Mas isso com certeza ajudaria a reduzir a evasão escolar, afinal, são alunos em risco de abandono. Devo salientar que, em alguns casos, a secretaria errou ao deixar de contar os abandonos, pois havia discordância sobre o prazo decorrido para considerar como abandono.

12.3 SVM

Podemos fazer análises classificatórias com vários algoritmos, mas SVM é um dos mais utilizados e pode apresentar bons resultados, graças a sua flexibilidade.

Support Vector Machines ou Máquina de Vetores de Suporte, é um algoritmo de Supervised Machine Learning ou Aprendizado de Máquina Supervisionado, capaz de separar grupos de elementos em categorias, classificando-os. É considerado um algoritmo classificador binário não probabilístico, cujo objetivo é encontrar uma reta (ou um plano) que separe os conjuntos de dados:

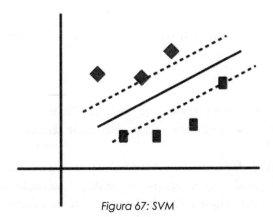

Figura 67: SVM

Note que o SVM procura por uma "avenida" que separe os conjuntos de dados, ou classes. Ele procura maximizar a largura dessa "avenida", cujos limites são determinados por vetores de suporte, que passam pelos pontos limítrofes.

Algoritmos como o SVM são extremamente afetados pela diferente escala das variáveis independentes. Devemos alterar a escala das características (ou variáveis independentes) para que os valores não influenciem o modelo.

Variáveis categóricas podem ser um problema, se contiverem múltiplos valores, por exemplo: "Modelo" = {"sedã", "coupée", "suv"} . Neste caso, precisamos codificar os valores, transformando-os em números, porém, no caso do SVM, isso também pode atrapalhar, então, uma técnica recomendada é usar o padrão "One Hot Encoder" e criar variáveis separadas para cada valor.

No caso de categorias binárias, não há problema.

Atenção → Notebook: churn_prediction_svm

Vamos usar o mesmo problema anterior, da evasão escolar, com SVM. Vamos ver se melhoramos a acurácia do nosso modelo.

O R tem um pacote chamado "e1701" com a função "svm()", que nos permite criar modelos SVM. Primeiro, é necessário instalar o pacote:

```
install.packages("e1071")
```

A parte de separação de dados de treino e teste, você já conhece.

Escala

O SVM é sensível à escala dos valores, logo, se nossas variáveis estiverem em escalas muito diferentes, poderemos ter problemas de acurácia.

A função "svm()" já faz escala automaticamente, mas, se quisermos alterar este comportamento, basta usar o argumento "scale =" passando um vetor lógico (TRUE / FALSE) para as variáveis que desejamos alterar a escala.

12.4 Kernel e hiperparâmetros

O SVM é conhecido como um "kernel method" porque podemos variar a função ("kernel") usada para encontrar similaridades. O tipo de kernel é um dos hiperparâmetros do SVM, que precisamos ajustar para obter o melhor modelo possível. Os hiperparâmetros que "brincamos" foram:

- Tipo de kernel: "linear", "rbf" (Radial basis function), "poly" (polinomial) entre vários outros;

- C (cost): Tolerância para violações de margem. Quanto menor, mais larga a "avenida", porém com mais violações (pontos no meio da rua);

CAPÍTULO 12 Classificação • 189

- Gamma: Para alguns kernels, controla a influência dos exemplos do treino, ampliando (gamma maior) ou reduzindo (gamma menor) o modelo.

Para calcular a eficácia de um modelo de classificação, medimos a acurácia, ou seja, o percentual de acertos.

O modelo com kernel polinomial, com C=2 e Gamma=10, foi o que apresentou o melhor score:

```
modelo_svm <- svm(abandonou ~ periodo + bolsa + repetiu + ematraso
+ disciplinas + faltas + desempenho , train_df,
               kernel = 'polynomial', gamma = 10, cost = 2,
type='C-classification')
```

Vamos fazer predições, com os dados de teste, e depois calcularemos a acurácia. Lembre-se que o modelo não "viu" os dados de teste!

```
abandonou = test_df$abandonou
periodo = test_df$periodo
bolsa = test_df$bolsa
repetiu =  test_df$repetiu
ematraso = test_df$ematraso
disciplinas = test_df$disciplinas
faltas = test_df$faltas
desempenho = test_df$desempenho

predicoes <- predict(modelo_svm, test_df)
```

Agora, vamos calcular a acurácia:

```
erros <- test_df$abandonou != predicoes
qtdErros <- sum(erros)
percErros <- qtdErros / length(test_df$abandonou)
acuracia <- (1 - percErros) * 100
acuracia
```

Eu criei um vetor lógico (TRUE / FALSE) baseado na desigualdade entre o rótulo observado e o valor previsto. Depois é só contar e calcular o percentual.

Temos uma acurácia de 61%, ou seja acertei 61% das vezes.

12.5 Conclusão

A classificação sempre resulta em um vetor de probabilidades, neste caso, é classificação binária. E, como mostrei, podemos usar vários algoritmos diferentes para gerar um modelo preditivo.

Os resultados finais não foram tão bons, porém, há algumas considerações importantes:

1. Houve problemas com a acurácia dos dados, conforme já relatei;

2. É um problema onde o erro por zelo é menos importante que o erro por descuido, ou seja, é melhor agirmos proativamente com os alunos em risco, mesmo que não tenham tanta chance de abandonar o curso;

3. Para qualquer tipo de problema de Data Science, a qualidade dos dados é o fator mais importante.

Eu poderia ter trabalhado com algum dos "toy datasets" que acompanham a linguagem R, como o "mtcars", ou o "iris", mas acredito que já são "batidos" demais nos livros e cursos, logo, qual é o valor agregado? Neste capítulo, você trabalhou com um dataset real, coletado para resolver um problema real.

Depois que eu implantei o processo de avaliação, a instituição de ensino conseguiu reduzir a evasão do curso em 50%. Fizeram um trabalho de acompanhamento mais detalhado, incluindo oferta de bolsas e de aulas de reforço, e conseguiram evitar que metade dos alunos em risco abandonasse o curso. Um bom resultado, sem dúvida alguma.

CAPÍTULO 13

Agrupamento (clusterização)

Agrupamento ou clusterização é uma tarefa de aprendizado de máquina não supervisionado (Unsupervised Machine Learning), na qual não fornecemos nenhum treinamento para o algoritmo, e ele tenta descobrir agrupamentos dos nossos dados.

Isto é muito interessante para detectarmos padrões nos nossos dados, e pode ser utilizado para uma variedade de tarefas, por exemplo:

- Descobrir como nossos clientes se agrupam;
- Classificar imagens;
- Descobrir padrões em observações;

Existem muitos algoritmos para agrupamento, entre eles:

- **k-means**: Agrupa os dados tentando separar as amostras em grupos de variância igual com relação aos pontos médios, chamados de "centroids";

- **DBSCAN**: Density-based spatial clustering of applications with noise (Agrupamento espacial de aplicações com ruído, baseado em densidade) agrupa os pontos que estejam mais próximos, separando regiões mais densas de regiões menos densas;

- **Agrupamento espectral (Spectral clustering)**: Trata os dados como um problema de particionamento de grafos;

13.1 K-means

Para demonstrar o agrupamento, vou usar o algoritmo K-means. É um método de clustering que particiona as observações entre "k" grupos, nos quais cada observação pertence ao grupo mais próximo da média.

Ele funciona selecionando pontos centrais (médias) aleatoriamente, chamados de "centroides" (centroids) e associa os outros pontos aos centroides mais próximos, de acordo com a média. O processo é repetido e os centroides vão sendo substituídos até que não haja mais nenhuma substituição.

Com o K-means, nosso rótulo (o resultado) é o número do grupo ao qual o ponto observado pertence. Não se trata de uma regressão, mas de uma classificação não supervisionada. Ele tentará dividir as amostras em grupos e associará cada ponto a um destes grupos.

Se você estiver utilizando mais de uma variável, deve certificar-se de que estejam na mesma escala, pois este algoritmo é bem sensível a escalas diferentes. Mesmo que estejam na mesma escala, se as variações forem diferentes, é interessante tentar padronizá-las. Você pode usar a função "scale()". Vamos a um exemplo... Suponha um dataset com as idades e os salários dos funcionários:

```
> idade <- c(27,32,36,48)
> salario <- c(7000.00,8000.00,10000.00,12000.00)
> df <- data.frame(idade = idade, salario = salario)
> df
  idade salario
1    27    7000
2    32    8000
3    36   10000
4    48   12000
```

Como pode ver, as idades e os salários estão em escalas completamente diferentes, e isto pode afetar alguns algoritmos, como o Kmeans, por exemplo. Podemos colocar as duas na mesma escala de valores:

```
> dfscaled <- scale(df)
> dfscaled
          idade     salario
[1,] -0.97675475 -1.0147221
[2,] -0.41860918 -0.5637345
[3,]  0.02790728  0.3382407
[4,]  1.36745665  1.2402159
```

Agora, ambas estão em uma mesma escala.

13.2 Exemplos

Atenção → *Notebook: kmeans_clustering.*

Primeiramente, vou gerar dados agrupados em quatro clusters, para demonstrar o funcionamento do K-means. Eis o código R que eu utilizei:

```
set.seed(42)
somex <- rnorm(4) # Abscissas dos centroides
somey <- rnorm(4)
X <- numeric(104) # 4 para os centroides e 100 para as amostras
Y <- numeric(104) # 4 para os centroides e 100 para as amostras
j <- 1
for (i in 1:4) { # Para cada centroide, vamos gerar alguns pontos
    X[j] <- somex[i]
    Y[j] <- somey[i]
    j = j + 1
    for (z in 1:25) {
        xz <- 0.12 * rnorm(1) + somex[i]
        yz <- 0.12 * rnorm(1) + somey[i]
        X[j] <- xz
        Y[j] <- yz
        j = j + 1
    }
}
```

Ok. Ficou meio "turvo", não? Primeiramente, este código é apenas para gerar dados de exemplo, pois, na vida real, você já terá um dataset pronto.

Em segundo lugar, vou explicar com calma o que estou fazendo. Tente entender o que eu fiz:

1. Gerei 4 pontos aleatórios para servirem de "centroides";
2. Em volta de cada "centroide", gerei 25 pontos aleatórios próximos;

```
for()
```

Vamos ver o principal comando novo: "for()". Ele serve para criarmos "loops", ou seja, um grupo de comandos que desejamos repetir. O R executará esses comandos tantas vezes quantas determinarmos, variando o valor de uma "variável de controle". Por exemplo:

```
for (i in 1:4) {
    print(i)
}
```

Se você executar este código, verá 4 números impressos, de 1 até 4, que são os valores que a variável de controle "i" assumirá, a cada execução do grupo de comandos. O grupo de comandos fica entre as chaves "{" e "}". Quando o R encontrar o valor final (4), após a execução, pulará para depois da chave final e continuará a partir dali.

Os primeiros comandos são bem óbvios e eu já expliquei anteriormente. Estou apenas criando os centroides. O loop principal merece uma análise:

```
for (i in 1:4) { # Para cada centroide, vamos gerar alguns pontos
    X[j] <- somex[i]
    Y[j] <- somey[i]
    j = j + 1
    for (z in 1:25) {
        xz <- 0.12 * rnorm(1) + somex[i]
        yz <- 0.12 * rnorm(1) + somey[i]
```

CAPÍTULO 13 Agrupamento (clusterização) • 195

```
    X[j] <- xz
    Y[j] <- yz
    j = j + 1
  }
}
```

Eu vou criar dois vetores principais: "X" e "Y", que conterão, respectivamente, a abscissa e a ordenada de cada ponto da minha amostra. Primeiro, eu coloco a coordenada de um centroide (daqueles que eu criei), depois, coloco 25 pontos em volta dele, que é a função do segundo "loop".

Serão 104 pontos no total.

A função "rnorm()" gera um número aleatório retirado da distribuição normal padrão.

Depois, eu plotei os pontos da amostra, dando destaque para os centroides:

```
plot(X,Y)
points(somex,somey, pch = 8, col = 2, cex = 9)
```

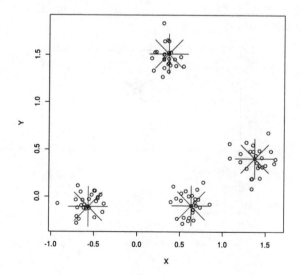

Figura 68: Amostra com centroides em destaque

No comando "plot()" eu simplesmente plotei todos os pontos. Depois, com o comando "points()" eu replotei os centroides, dando-lhes maior destaque. Maior tamanho (argumento "cex"), mudando sua forma (argumento "pch") e sua cor (argumento "col").

Este excelente artigo explica muito bem os principais parâmetros de geração de gráficos:

https://www.statmethods.net/advgraphs/parameters.html

- Cores: 1 – branco, 24 – preto, 26 – azul, 35 – vermelho, 51 – verde;
- Caracteres (pch): 0 – quadrado, 1 – triângulo, 3 – cruz, 5 – diamante, 8 – asterisco;
- Tamanho (cex): Escala do tamanho. O valor 1 é o tamanho padrão, 1.5 é 50% maior.

Os centroides estão destacados com um "asterisco" grande.

Agora, vou usar a função "kmeans" para criar um modelo de agrupamento:

```
df <- data.frame(x = X, y = Y)
modelo <- kmeans(df,4)
```

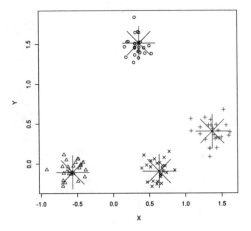

Figura 69: Agrupamentos

Eu passei o argumento 4 indicando que eu quero encontrar 4 grupos de pontos na amostra. Existem meios para descobrir o número ótimo de pontos, mas podemos começar "chutando" um valor.

Ao imprimir o modelo, podemos ver várias informações, inclusive os centroides que ele encontrou:

```
K-means clustering with 4 clusters of sizes 15, 52, 11, 26

Cluster means:
          x            y
1 -0.6624353  -0.09825517
2  0.9937956   0.15575292
3 -0.4665211  -0.03672141
4  0.3367062   1.47904936

Clustering vector:
  [1] 2 2 2 2 2 2 2 2 2 2 2 2 2 2 2 2 2 2 2 2 2 2 2 2 2 2 2 2 2 2 2 1 1 1
 3 1 3 3 1 3 1 3
 [38] 1 3 1 1 1 3 3 3 1 1 3 3 1 1 1 4 4 4 4 4 4 4 4 4 4 4 4 4
 4 4 4 4 4 4 4 4
 [75] 4 4 4 4 2 2 2 2 2 2 2 2 2 2 2 2 2 2 2 2 2 2 2 2 2 2 2

Within cluster sum of squares by cluster:
[1]  0.2520460 11.9370096  0.1052387  0.5583075
 (between_SS / total_SS =  86.5 %)

Available components:

[1] "cluster"    "centers"   "totss"    "withinss"  "tot.withinss"
[6] "betweenss"  "size"      "iter"     "ifault"
[31]:
```

O modelo gerado tem várias "propriedades" que podemos usar, como:

- modelo$cluster: Um vetor com o número do grupo de cada ponto da amostra;

- modelo$centers: Um vetor com as coordenadas dos centroides que ele encontrou;

Com isto, podemos plotar um gráfico separando as cores e marcadores dos grupos:

```
plot(X,Y,col = modelo$cluster, pch = modelo$cluster)
points(somex,somey, pch = 8, col = 2, cex = 9)
```

Eu separei os grupos usando a coleção "clusters", gerada pelo kmeans. Usei o número do grupo de cada ponto para estabelecer a cor e forma dos pontos. Com isto, criei uma separação visual que funciona mesmo em imagens monocromáticas.

13.3 Exemplo real

Atenção → Notebook: kmeans_evasao.

Bem, vimos um exemplo "fabricado", mas como o k-means funcionaria com um exemplo real? Podemos pegar o dataset que usamos no estudo de *Churn prediction* (evasão escolar) e ver se encontramos algum agrupamento dos dados.

Com isto, podemos estudar como as variáveis se relacionam.

```
df <- read.csv('evasao.csv')
head(df)
str(df)
summary(df)
```

periodo	bolsa	repetiu	ematraso	disciplinas	faltas	desempenho	abandonou
2	0.25	8	1	4	0	0.000000	1
2	0.15	3	1	3	6	5.333333	0
4	0.10	0	1	1	0	8.000000	0
4	0.20	8	1	1	0	4.000000	1
1	0.20	3	1	1	1	8.000000	0
5	0.20	2	1	2	0	3.500000	1

CAPÍTULO 13 Agrupamento (clusterização) • 199

Tentar agrupar todas essas variáveis será complicado, afinal, temos uma variável categórica ("ematraso") e acabaríamos com um modelo multidimensional, o qual não poderíamos visualizar. Então, selecionei a melhor combinação (depois de algumas tentativas):

```
library(dplyr)
df2 <- filter(df,df$abandonou == 1)  %>% select('periodo','repet
iu','desempenho')
```

Entendeu o que eu fiz? Usei a library "dplyr", que mostrei no capítulo 9 (datasets), para filtrar os dados, pegando só aqueles que efetivamente abandonaram o curso, e usei um "pipe" para pegar esse resultado e selecionar apenas as colunas que me interessam.

Eu quero estudar se posso separar os alunos que abandonaram, em grupos, considerando o período em que estavam, a quantidade de matérias que repetiram e o seu desempenho escolar do período em que estavam.

Com o pacote "scatterplot3d" é possível visualizar os dados:

```
library(scatterplot3d)
scatterplot3d(df2$periodo,df2$repetiu,df2$desempenho)
```

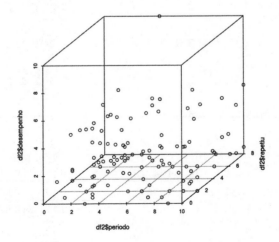

Figura 70: Dados dos alunos que abandonaram

Rapidamente, vemos uma divisão entre os períodos iniciais e os finais. Há uma área intermediária com pouco abandono. Estes grupos estão mais abaixo do desempenho nível 4. Mas vamos seguir com o modelo.

Como pode observar, as variáveis estão na mesma escala. Apesar de existir alguns poucos *outliers*, a variação não é muito diferente, logo, não faz sentido mudarmos a escala das variáveis.

Vamos criar o modelo e rodar:

```
modelo <- kmeans(df2,4)

K-means clustering with 4 clusters of sizes 33, 44, 18, 28

Cluster means:
    periodo   repetiu  desempenho
1  8.090909  2.030303    1.342929
2  2.863636  2.250000    1.976894
3  8.444444  6.722222    2.018519
4  2.750000  6.642857    2.214286

Clustering vector:
  [1] 4 4 2 2 2 4 2 1 3 2 1 4 4 4 1 1 1 4 2 4 2 1 1 4 1 3 2 2 1
 4 2 2 4 4 3 1 3
 [38] 1 1 4 1 4 2 4 3 4 3 1 4 3 2 4 2 1 1 1 3 1 1 3 1 2 1 2 2 3
 2 1 3 2 4 4 1 2
 [75] 2 3 2 1 2 2 2 3 2 2 1 2 4 3 4 2 3 2 1 2 2 2 3 2 4 2 1 3
 2 2 1 2 4 1 3 4
[112] 4 2 2 2 1 1 4 4 2 2 1 1

Within cluster sum of squares by cluster:
[1] 154.5670 232.8197 124.0494 221.9217
 (between_SS / total_SS =  66.8 %)

Available components:
```

```
[1] "cluster"   "centers"  "totss"  "withinss"  "tot.withinss"
[6] "betweenss"  "size"   "iter"   "ifault"
```

Agora, vamos plotar os dados, em cores e formas diferentes para cada grupo, destacando os centroides:

```
plot <- scatterplot3d(df2$periodo,df2$repetiu,df2$desempenho,
color = modelo$cluster, pch = modelo$cluster)
plot$points3d(modelo$centers, pch = 8, col = 2, cex = 9)
```

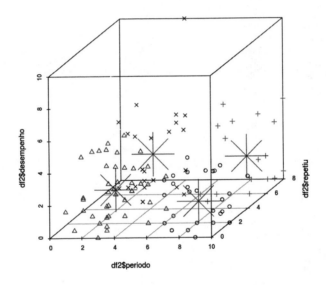

Figura 71: Grupos separados com centroides em destaque

Temos quatro grupos, dois mais densos e dois menos densos. Vamos analisá-los:

1. Períodos iniciais, até quatro reprovações: Alunos que estavam no início do curso e ficaram desestimulados com as reprovações. É o maior grupo;
2. Períodos finais, até quatro reprovações: Alunos que ficaram desanimados no final do curso;
3. Períodos iniciais, acima de quatro reprovações: Óbvio;
4. Períodos finais, acima de quatro reprovações: Igualmente óbvio.

Certamente, o tratamento para quem tem até quatro reprovações deve ser diferenciado. Talvez, não valha a pena investir nos alunos com mais de quatro reprovações, até porque são grupos menores.

Entendeu o valor dessa informação? Não? Conseguimos usar aprendizado não supervisionado para entender melhor o nosso problema. Aprendemos coisas novas sobre o abandono escolar!

Podemos tentar outras combinações. Aliás, por que você não faz isto?

CAPÍTULO 14

Deep Learning

O título não poderia ser mais "sci-fi", não? Deep learning (ou aprendizagem profunda) é um ramo da Data Science, mais especificamente de Machine learning, que utiliza grafos de funções em camadas para resolver problemas de classificação e regressão, supervisionados ou não.

Estes grafos em camadas são também conhecidos pela metáfora: "Rede neural", pois se parecem com a arquitetura do cérebro humano.

Neste capítulo, veremos uma breve (turbo) introdução às redes neurais, mas focarei na aplicação prática, utilizando a biblioteca TensorFlow. Não se assuste com os termos e as fórmulas.

Existem outros pacotes para deep learning em R, entre eles:

- MXNet;
- darch;
- deepnet;
- h2o;

Recentemente, o TensorFlow, criado pela Google, vem ganhando popularidade entre os desenvolvedores python e, surpreendentemente, entre o pessoal que usa R também. Logo, vamos abordar esse pacote.

Podemos utilizar redes neurais para problemas de regressão (resultado contínuo) ou classificação (resultado categórico).

14.1 Instalação do TensorFlow e do Keras

Neste capítulo, vamos usar o TensorFlow e a biblioteca Keras. Ambos são nativos do ambiente **python**, que será executado sob demanda a partir do seu script R. Calma!

Dependendo da maneira como você está rodando os exemplos, haverá uma pequena diferença:

- Utilizando um Notebook provider, como o Microsoft Azure Notebooks: Lá, tudo já está pré-instalado. Simplesmente importe o notebook: "install_tensorflow" e execute. Depois, importe o notebook: "install_keras" e execute;

- Utilizando seu próprio Jupyter Server, em sua máquina local: Inicie o ambiente virtual com o Anaconda, antes de executar o comando "jupyter notebook", instale o Tensorflow e o Keras usando o comando "pip", e depois abra os referidos notebooks ("install_tensorflow" e "install_keras"):
  - pip install tensorflow
  - pip install keras

14.2 Técnicas e configuração

Você ouvirá e lerá muitas vezes os acrônimos: ANN, CNN e RNN, como tipos e técnicas de implementação de grafos de camadas de unidades de processamento. Estas técnicas podem ser utilizadas em diversos tipos de problemas de Data Science, com bastante proveito.

14.3 Artificial Neural Network

Rede neural artificial ou ANN é uma coleção de unidades de processamento conectadas, geralmente em camadas diferentes, análogas aos neurônios de um cérebro biológico. Cada neurônio possui conexões, chamadas de sinapses, através das quais recebe estímulos (no nosso caso, números) e então, processa os sinais recebidos e decide se propaga um sinal para o próximo neurônio.

Figura 72: Neurônio artificial

Os neurônios não são simples propagadores de sinais (amplificadores ou multiplicadores). Eles são ativados e "disparam" uma saída se a entrada atingir um determinado nível (ou valor). Isto é decidido por uma função interna, chamada de "função de ativação".

Dado um conjunto de entradas, a rede neural produz um conjunto de saídas. Se estivermos treinando a rede, podemos comparar as saídas com os rótulos originais, estabelecendo os erros encontrados.

E procuramos otimizar o modelo, reduzindo os erros encontrados. A cada interação, o processo de otimização altera os valores dos pesos das conexões entre os neurônios, buscando minimizar os erros.

Ao final, temos um modelo que se aproxima bastante do resultado real. A rede "aprendeu" com seus erros e armazenou o conhecimento na forma de um modelo preditivo.

Antes de vermos a parte prática, é necessário entender alguns conceitos e a mecânica do processo de aprendizagem de uma rede neural.

Função de ativação

Os neurônios somente geram uma saída de acordo com uma função de ativação. Geralmente, combinam as entradas de suas conexões, multiplicando os valores pelos pesos e somando tudo, e depois submetem à sua função de ativação, que resultará em um valor de saída, o qual será propagado para os próximos neurônios.

Uma função de ativação muito comum, e que você verá muito, é a Sigmoide (**Sigmoid**):

$$f(x) = \frac{1}{1+e^{-\lambda x}}$$

Esta função tem um gráfico como este:

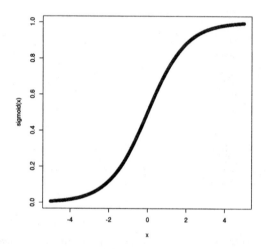

Figura 73: Função sigmoid

Este gráfico foi criado por este código em R:

```
sigmoid = function(x) {
   1 / (1 + exp(-x))
}
x <- seq(-5, 5, 0.01)
plot(x, sigmoid(x), col='blue')
```

O neurônio é ativado quando o valor da entrada passa de determinado ponto. Podemos também ter pesos associados às sinapses, que podem aumentar ou diminuir a intensidade do sinal. Geralmente, estes pesos são atribuídos por processos de aprendizado.

Existem várias funções de ativação, cada uma produzindo resultados diferentes.

Por exemplo, temos a **Softmax**:

$$S(\vec{x}) = \frac{e^{x_i}}{\sum_{j=1}^{N} e^{x_i}}$$

Onde "x" é o vetor de características e "e" é o número neperiano (aproximadamente 2,718).

O gráfico desta função é:

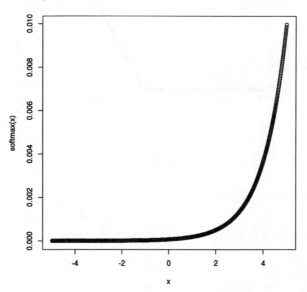

Figura 74: Função softmax

O gráfico foi gerado com este código R:

```
softmax = function(x) {
   exp(x) / sum(exp(x))
}
x <- seq(-5, 5, 0.01)
plot(x, softmax(x), col='blue')
```

E temos a RELU "Rectified Linear Unit":

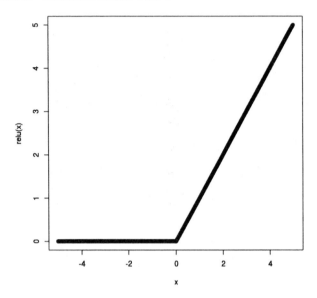

Figura 75: ReLu

Foi gerada com este código R:

```
relu = function(z) {
    pmax(z,0)
}
x <- seq(-5, 5, 0.01)
plot(x, relu(x), col='blue')
```

Camadas

Os neurônios são organizados em camadas, uma de entrada e outra de saída, com uma ou mais camadas "ocultas" entre as duas. Se todos os neurônios de uma camada forem conectados a todos os neurônios da camada seguinte, temos uma rede totalmente conectada, embora existam casos em que nem todos os neurônios são conectados aos da camada anterior (CNN).

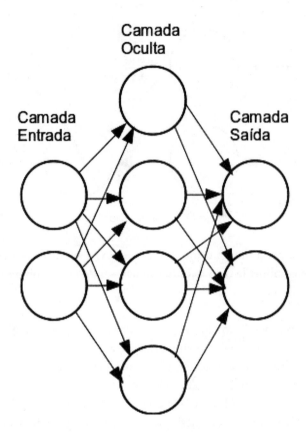

Figura 76: Camadas de neurônios

Podemos ter diferentes funções de ativação nas camadas, interoperando para gerar os resultados desejados.

Os neurônios da camada de entrada, geralmente, não executam funções de ativação, apenas propagam os valores recebidos.

Pesos e bias

As ligações entre os neurônios contêm pesos atribuídos a elas. Estes pesos aumentam ou diminuem a influência da saída de determinado neurônio sobre a entrada de outro.

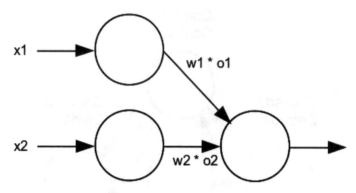

Figura 77: Pesos das ligações

A saída de cada neurônio da camada anterior (ox) é multiplicada pelo peso da ligação (wx) e combinada com as outras saídas, sendo então submetida à função de ativação do neurônio.

O bias (viés) é um neurônio especial, com valor fixo (1), que serve para deslocar a curva da função. Seu uso é aproximadamente ao do coeficiente linear, em uma função de primeiro grau. Cada camada (exceto a final – output) tem um neurônio adicionado, geralmente com valor +1. Este neurônio não recebe nenhuma entrada, mas gera uma saída fixa (+1) e tem o seu próprio peso. O uso do viés flexibiliza o modelo, permitindo deslocar a curva final, para a direita ou esquerda, sem passar pela origem.

Função de erro (ou de perda)

Para treinar uma rede neural, é preciso estabelecermos uma função de erro ou de perda, utilizando os valores finais e os valores de exemplo. A função de erro mais comum é:

$$E = \Sigma \frac{1}{2}(y'-y)^2$$

Onde y' é o valor calculado pela rede, e y é o valor esperado. Esta função é conhecida como MSE (Mean Squared Error – Erro quadrático médio).

A função de perda é utilizada na otimização da rede, e a técnica de "**backpropagation**" na qual usamos os erros para ajustar os pesos das conexões entre os neurônios. O processo é simples:

1. Propaga-se os valores das entradas (e dos neurônios "bias") para frente, até chegar aos valores finais, emitidos pela camada de saída;

2. Calcula-se o erro;

3. Propaga-se o erro de volta pela rede, calculando a contribuição de cada camada para o erro;

4. Atualiza-se o valor dos pesos das conexões, de acordo com a taxa de aprendizado.

A taxa de aprendizado controla a velocidade de aprendizado. Quanto maior, mais rápido, porém menos preciso.

Outra função de custo interessante é a "**cross entropy**", que é mais indicada para problemas de classificação.

Algoritmos de otimização

Otimizar a função de erro é encontrar seus mínimos, ou seja, os valores de pesos que minimizem os erros. São feitos ajustes a cada execução com os dados de treino, para aproximar os valores encontrados dos valores reais.

Há vários algoritmos para otimizar a função de erro. O mais comum é o "**Gradient Descent**" ou Gradiente descendente. A partir de pesos escolhidos aleatoriamente, a cada execução é calculado o gradiente da função de erro e os pesos são ajustados para tornar este gradiente menos inclinado até chegarmos a um valor próximo do mínimo.

Outros algoritmos de otimização:

- Stochastic Gradient Descent (SGD);
- Adaptive Moment Estimation (ADAM).

14.4 Convolutional Neural Network

Rede neural convolucional ou CNN, é uma técnica de deep learning muito utilizada para reconhecimento de imagens, requer pouco ou nenhum pré-processamento de imagens.

Em uma CNN, as camadas de neurônios não estão totalmente conectadas, e são divididas em áreas separadas da imagem, cada uma processando um pedaço específico.

Podemos ter uma CNN (parcialmente conectada) para aprender sobre as características dos objetos, ligada a um grupo de camadas totalmente conectadas (fully connected) para classificar os objetos de acordo com as características aprendidas.

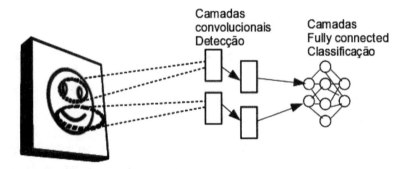

Figura 78: Camadas convolucionais

14.5 Recurrent Neural Networks

Rede neural recorrente ou RNN, é uma arquitetura onde há retroalimentação (feedback) de resultados nos neurônios.

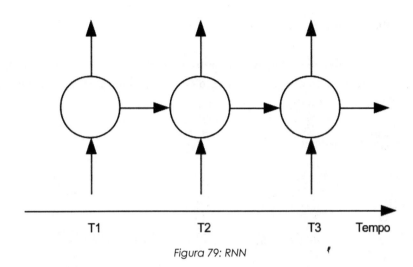

Figura 79: RNN

Ao longo do tempo, a saída de um neurônio é usada para realimentá-lo, influenciando o resultado da próxima interação.

Em vez de serem independentes, os resultados passam a ser baseados em uma sequência, fazendo das RNN's boas alternativas para processamento de eventos sequenciais ou temporais. Reconhecimento de fala ou de escrita é uma das aplicações mais comuns.

14.6 TensorFlow

http://www.tensorflow.org

É uma biblioteca que organiza os valores e as operações em um grafo de tensores. Um tensor é um array multidimensional. Com ela, podemos implementar modelos de redes neurais.

O TensorFlow pode escalar para ser executado em clusters computacionais, com múltiplos processadores, incluindo GPUs, o que lhe confere extrema flexibilidade e poder computacional.

Atualmente, sua API suporta as linguagens: Python, R, C++, Java e Go.

14.7 Playground

Em vez de simplesmente falarmos sobre o TensorFlow, é melhor você verificar como ele funciona e o que pode fazer. Em seu navegador, vá para a URL: http://playground.tensorflow.org

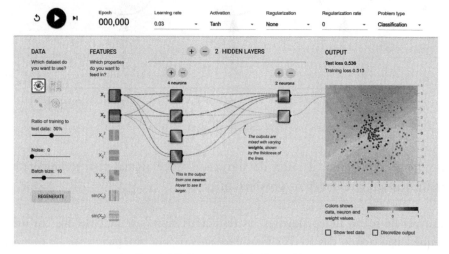

Figura 80: Playground do TensorFlow

Atenção: Este não é o TensorFlow de verdade! É uma biblioteca, feita em TypeScript, para uso no Navegador!

Observe a figura grande à direita. Notamos que existem duas categorias de dados, um centro e uma orla. O TensorFlow pode classificar estes dados rapidamente, sem nada mais fazermos. Há uma camada de neurônios de entrada (um para cada variável), uma camada oculta (hidden layer) e uma camada de saída (output). Os resultados da saída são combinados para indicar qual a categoria de cada ponto.

Sem fazer nada, clique no botão "play", no canto superior esquerdo, e aguarde cerca de 5 segundos. A imagem final deve ficar como esta:

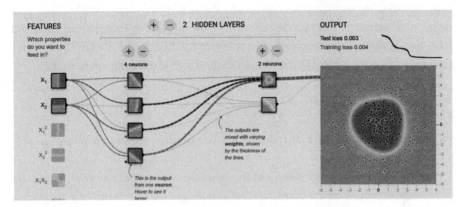

Figura 81: Final

Na figura à direita, vemos que os pontos foram classificados e também vemos o quanto foi possível otimizar a função de perda (erro). Também vemos as ligações dos neurônios e podemos saber quais foram mais relevantes para o resultado. Se passar o mouse por cima, é possível ver os pesos.

Se você não alterou nada, os parâmetros que usamos foram:

- Taxa de aprendizado: 0,03;
- Função de ativação: Tangente hiperbólica;

Você pode alterar o tipo de problema para Regressão, e pode brincar com as funções de ativação, acrescentar ou reduzir a quantidade de camadas e a quantidade de neurônios, enfim, é bem legal para começar a entender Deep Learning.

14.8 Turbo prime

Atenção → Notebook: "deep_learning_tensorflow"

Sei que despertei sua curiosidade sobre o TensorFlow, então, vamos satisfazê-la. A maneira que vou mostrar agora, não é a melhor maneira de se usar o TensorFlow, mas, pelo menos, reduzirá o desconforto em aprender coisas novas. Vamos criar tensores e um pequeno grafo de operações encadeadas, para lhe dar um sabor do que é esta biblioteca.

No exemplo, eu uso o nosso conhecido dataset "pesos-alturas.csv". Aliás, tem uma pasta "datasets", na raiz do repositório, com todos os datasets utilizados no livro e mais alguns, que coletei de várias fontes (incluindo IPEA e IBGE). Se você encontrar algum problema com dataset faltando, é só procurar nesta pasta.

Variáveis e Placeholders

No TensorFlow, a unidade de trabalho é o Tensor, que, segundo a Wikipedia, é:

"Tensores são entidades geométricas introduzidas na matemática e na física para generalizar a noção de escalares, vetores e matrizes. Assim como tais entidades, um tensor é uma forma de representação associada a um conjunto de operações tais como a soma e o produto." (https://pt.wikipedia.org/wiki/Tensor).

Ele calcula grafos computacionais, cujos nós recebem um ou mais Tensores de entrada e produzem um Tensor de saída. Temos vários tipos de Tensores, entre eles:

- Constantes (tf.constant): Abriga um tensor de constantes;
- Placeholders (tf.placeholder): Um valor que será fornecido posteriormente;
- Variáveis (tf.variable): Uma variável que pode ser modificada pelo algoritmo do TensorFlow;

A diferença entre placeholder e variável parece sutil, mas é fundamental. Placeholder é o que o nome diz, ou seja, um nome que será ocupado por valores fornecidos externamente. Eles não serão modificados pelo modelo durante o treinamento. Uma variável é algo que você quer encontrar, cujo valor não será fornecido externamente. O modelo modifica as variáveis para encontrar a melhor solução possível.

Nada acontece com os tensores enquanto você não abrir uma sessão com o TensorFlow e mandar executar um grafo.

Vou criar um modelo linear simples ($y = ax + b$), para fazer uma regressão. Primeiramente, preciso criar as variáveis que o modelo deverá encontrar, os coeficientes angular e linear ("a" e "b"):

```
a <- tf$Variable(rnorm(1), name="ca")
b <- tf$Variable(rnorm(1), name="cl")
```

Agora, eu preciso criar dois placeholders para os valores que eu fornecerei, ou seja, o vetor de variáveis independentes ("x") e o de dependentes ("y"), que será fornecido para treinamento do modelo:

```
x <- tf$placeholder("float")
y <- tf$placeholder("float")
```

Nós

Nada aconteceu até agora, pois eu não criei sessão alguma. Vou definir o meu grafo de operações, criando um nó:

```
y_hat <- tf$add(tf$multiply(x, a), b)
```

O modelo será a multiplicação de "x" por "a" e depois a soma com "b". O resultado será armazenado em "y_hat", que é o meu vetor de predições.

Função de perda

Como eu avalio este modelo? Eu quero usar o Gradient Descent para avaliar uma função de perda... Vou usar MSE mesmo. Então, preciso criar outro nó que abrigue esta função:

```
perda <- tf$reduce_sum(tf$pow(y_hat - y, 2)/2)
```

Taxa de aprendizado

Eu preciso definir um parâmetro importantíssimo, que é a taxa de aprendizado (learning rate). Ao usar o Gradient Descent eu caminharei na direção do mínimo da função de erro. O learning rate é o tamanho do "passo" que eu darei.

Um valor muito baixo de learning rate fará com que o modelo demore muito tempo até chegar ao mínimo. Um valor muito alto poderá fazer o algoritmo passar do ponto mínimo (overshooting).

```
l_rate <- 0.001
```

Otimizador

Agora é o momento de criar o meu otimizador e inicializar as variáveis:

```
generator <- tf$train$GradientDescentOptimizer(learning_rate = l_rate)
optimizer <- generator$minimize(perda)

init <- tf$global_variables_initializer()
```

Vou utilizar o GradientDescent para minimizar a função de perda, usando a taxa de aprendizado que eu defini. Antes de iniciar a sessão, eu devo criar um inicializador para as variáveis que defini.

Epochs e o problema do mínimo local

Tudo pronto! Agora, vou criar uma sessão e rodar o treinamento. Mas antes, eu queria falar um pouco sobre "epochs". Uma "epoch" é uma rodada completa de todos os dados de treino, com os correspondentes ajustes dos pesos (variáveis). Em outros algoritmos, passamos uma vez só pelos dados de treino, mas, com redes neurais em que usamos algoritmos como o Gradient Descent, precisamos evitar o problema do "mínimo local":

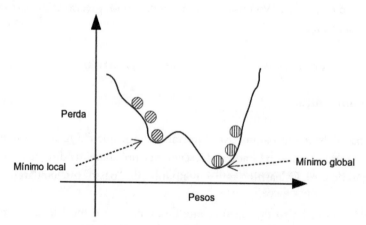

Figura 82: O problema do mínimo local

Os pesos (nossos "placeholders") são inicializados aleatoriamente. Dependendo da função de custo que estivermos utilizando, podemos chegar a um ponto de inflexão local, que não é necessariamente o mínimo da função, como na figura. Se dermos azar de começarmos pela esquerda, cairemos em um "vale" que não é o mínimo global. Se dermos sorte de começarmos pela direita, certamente chegaremos ao mínimo, ou a um valor bem próximo dele.

Então, costumamos repetir o treinamento ("epoch") um grande número de vezes, para evitar esse mínimo local. Outra abordagem é executar até que o valor da perda não mude. Vou usar essa abordagem:

```
sess = tf$Session()
sess$run(init)

feed_dict <- dict(x = df_treino$Alturas, y = df_treino$Pesos)
epsilon <- .Machine$double.eps
last_cost <- Inf
while (TRUE) {
  sess$run(optimizer, feed_dict = feed_dict)
  current_cost <- sess$run(perda, feed_dict = feed_dict)
  if (last_cost - current_cost < epsilon) break
  last_cost <- current_cost
}
```

Finalmente, vou mostrar os coeficientes que encontramos:

```
tf_coef <- c(sess$run(b), sess$run(a))
tf_coef
```

-95.8333740234375
97.4041595458984

Se você se recorda do exemplo sobre regressão simples (Notebook "regressao") pode constatar que os coeficientes estão muito próximos do que encontramos com uma regressão linear com os mesmos dados:

```
Coefficients:
            Estimate Std. Error t value Pr(>|t|)
(Intercept) -95.9041    1.3167  -72.84  <2e-16 ***
x            97.4593    0.7966  122.34  <2e-16 ***
```

Onde estão os neurônios?

Eu disse que essa não é a maneira que usamos normalmente o TensorFlow, mas serve para ilustrar um conceito que, geralmente, não fica claro: O TensorFlow não é exatamente uma rede neural convencional, com classes representando os neurônios e as suas sinapses. A definição oficial do TensorFlow esclarece estas diferenças:

"TensorFlow is an open source software library for numerical computation using dataflow graphs. Nodes in the graph represents mathematical operations, while graph edges represent multi-dimensional data arrays (aka tensors) communicated between them. The flexible architecture allows you to deploy computation to one or more CPUs or GPUs in a desktop, server, or mobile device with a single API."

"TensorFlow é uma biblioteca open source para computação numérica utilizando grafos de fluxos de dados. Os nós no grafo representam operações matemáticas, enquanto as arestas representam vetores de dados multidimensionais (tensores) trocados entre os nós. A sua arquitetura flexível permite distribuir a computação entre uma ou mais CPUs ou GPUs, em desktops, servidores ou dispositivos móveis, utilizando uma única API."

Podemos representar neurônios como nós e podemos usar tensores para passar os estímulos, representando uma rede neural.

14.9 Usando o Estimator Framework

O TensorFlow possui um framework, chamado "Estimator", que facilita muito as tarefas de regressão e classificação.

Atenção: Notebook → "deep_learning_estimator".

No nosso mesmo Notebook, há um exemplo com este framework, que usa o mesmo algoritmo de geração de dados que mostrei quando falei de Decision Trees:

```
set.seed(42)
X = seq(from = 1.5, to = 3.0, length.out = 1000)
set.seed(42)
Y <- unlist(lapply(X, function(x) {x^4 + runif(1)*6.5}))
set.seed(42)
Z <- unlist(lapply(X*Y, function(a) {a + runif(1)*3.2}))

scatterplot3d(X, Y, Z, highlight.3d=TRUE, col.axis="blue",
     col.grid="lightblue", main="Dados", pch=20)
```

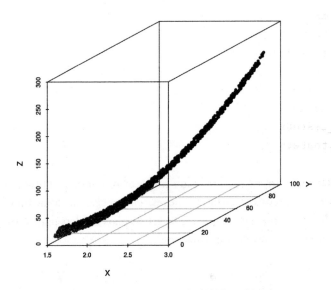

Figura 83: Dados de entrada (1000 registros)

Vamos separar os dados em treino e teste:

```
set.seed(42)
indices_x <- sample.int(n = length(X), size = floor(.75*length(X)),
replace = FALSE)
```

```
x_treino <- X[indices_x]
x_teste  <- X[-indices_x]
set.seed(42)
indices_y <- sample.int(n = length(Y), size = floor(.75*length(Y)),
replace = FALSE)
y_treino <- Y[indices_y]
y_teste  <- Y[-indices_y]
set.seed(42)
indices_z <- sample.int(n = length(Z), size = floor(.75*length(Z)),
replace = FALSE)
z_treino <- Z[indices_z]
z_teste  <- Z[-indices_z]

df_treino <- data.frame(x = x_treino, y = y_treino, z = z_treino)
y <- df_treino$y
x <- df_treino$x
z <- df_treino$z

df_teste <- data.frame(x = x_teste, y = y_teste, z = z_teste)
y <- df_teste$y
x <- df_teste$x
z <- df_teste$z
```

Preciso criar uma "input fuction" para fornecer os dados de entrada para a rede. Para treinar o regressor e estimar valores, eu preciso de uma função especial, chamada de "input function", que retornará os placeholders para as características e os rótulos, além de outras informações:

```
df_input_fn <- input_fn(df_treino,
              features = c("x","z"),
              response = "y",
              batch_size = 2,
              epochs = 3)
```

O argumento "features" serve para indicarmos quais são as variáveis independentes, e o argumento "response" indica qual é a variável dependente. O argumento "batch_size" indica qual o tamanho do "pedaço" de dados que queremos alimentar na nossa rede de cada vez. E o argumento "epochs" indica quantas vezes queremos processar o dataset inteiro.

Antes de criar o modelo, preciso de um vetor contendo as colunas que representam as variáveis independentes. Isto é feito através da função "feature_comumns()":

```
f_cols <- feature_columns(
  column_numeric("x"),
  column_numeric("z")
)
```

Então, criei uma instância do "dnn_regresssor", informando quais são as colunas com as características e especificando 3 camadas "ocultas", cada uma com 64, 64 e 16 nós. Também especifiquei que o formato do meu rótulo (valor de saída) é unidimensional:

```
regressor = dnn_regressor(feature_columns=f_cols, hidden_units=c(64,64,16), label_dimension=1)
```

Depois, eu "treino" a rede, usando a nossa "input function" de treino:

```
regressor %>%
  train(input_fn = df_input_fn)
```

Para avaliar meu modelo, eu preciso executá-lo com os dados de teste. Então, vou criar uma "input function" para isto:

```
teste_input_fn <- input_fn(df_teste,
              features = c("x","z"),
              response = "y",
              batch_size = 2,
              epochs = 1)
```

E posso executar a avaliação:

```
regressor %>% evaluate(teste_input_fn)
```

average_loss	global_step	loss
4.886242	375	9.772485

Temos uma perda média de 4%, com alguns erros. Vamos ver isso graficamente. Vamos fazer algumas predições com os dados de teste e depois plotar o gráfico novamente:

```
predic <- regressor %>% predict(teste_input_fn)

plot1 <- scatterplot3d(X, Y, Z, highlight.3d=TRUE, col.axis="blue",
     col.grid="lightblue", main="Dados", pch=20)
plot1$points3d(df_teste$x, predic$predictions, df_teste$z, col = 4, pch=13, cex=3)
```

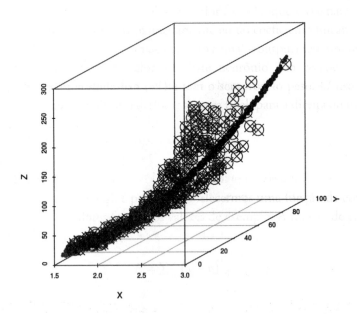

Figura 84: Gráfico das predições

Há alguns erros sim, mas, no geral, o resultado está bom. Quanto maior a amostra, melhor treinada a rede será.

14.10 API Keras

Atenção: Notebook → deep_learning_keras.ipynb

Keras é outra API para usar redes neurais e funciona com outros frameworks, além do TensorFlow, como: Microsoft Cognitive Toolkit (https://github.com/Microsoft/cntk) e Theano (https://github.com/Theano/Theano).

Vou utilizar o exemplo do capítulo sobre classificação ("churn prediction") para prever a evasão escolar.

Primeiro, é necessário criar o modelo de camadas de nós (neurônios) que vamos usar. Um dos modelos mais simples é o "Sequential", que é simplesmente uma pilha de camadas.

Também temos o modelo de camada de neurônios que vamos usar. Eu vou usar camadas normais de redes (DNN) ou camadas totalmente conectadas.

A criação do modelo de rede neural é bem simples:

```
modelo <- keras_model_sequential()
modelo %>%
  layer_dense(units = 128, activation = 'relu', input_shape=c(7),
kernel_initializer = "normal") %>%
  layer_dropout(rate = 0.4) %>%
  layer_dense(units = 512, activation='relu') %>%
  layer_dropout(rate = 0.3) %>%
  layer_dense(units=2,activation='sigmoid')
```

São três camadas, sendo que a última contém 2 unidades (nó ou neurônio). Cada uma pode utilizar função de ativação diferente das outras. Estou usando "ReLU" nas três primeiras, e "sigmoid" na última.

Por que 2 unidades no final? Como meu rótulo é uma categoria binária, eu o transformei em um vetor **one-hot-encoding**, com duas colunas: não abandonou e abandonou. Assim, o modelo Sequencial do Keras funciona melhor.

Este modelo é consistente com a tarefa que desejamos executar, que é uma classificação binária (0 ou 1). A função "sigmoid", com dois neurônios, vai retornar a probabilidade considerada, que varia entre zero e um.

Ao compilar o modelo, preciso informar a função de perda e o otimizador. Usei a "binary crossentropy", mais indicada para problemas de classificação binária, e usei o otimizador "rmsprop". Este otimizador seria mais apropriado para RNNs, mas eu experimentei e deu um resultado interessante.

```
modelo %>% compile(
  loss = 'categorical_crossentropy',
  optimizer = optimizer_rmsprop(),
  metrics = 'accuracy'
)
```

Para treinar o modelo, separei o dataframe em treino e teste:

```
library(dplyr)
preditores_treino <- data.matrix(select(train_df, c('periodo'
,'bolsa','repetiu','ematraso','disciplinas','faltas','desempen
ho')))
```

Eu usei a função "data.matrix()" para transformar o dataframe resultante do "select()" em uma matriz bidimensional. Assim, evito problemas com o modelo *Sequential* do Keras.

Quanto aos rótulos (a variável dependente), tive que transformá-la em padrão "one-hot-encoding" com a função "to_categorical()":

```
rotulos_treino    <-    to_categorical(data.matrix(select(train_
df,c('abandonou'))))
head(rotulos_treino)
```

Ele gera uma matrix com duas colunas, ambas contendo zero ou um: Uma coluna para quem não abandonou e outra para quem abandonou. Pode soar estranho, mas é assim que o Keras trabalha.

O treino é bem simples:

```
historico <- modelo %>% fit(
  preditores_treino, rotulos_treino,
  epochs = 30, batch_size = 128,
  validation_split = 0.2
)
```

Ele já faz uma divisão para validação interna, separando 20% dos dados. Depois, eu posso plotar o resultado:

```
plot(historico)
```

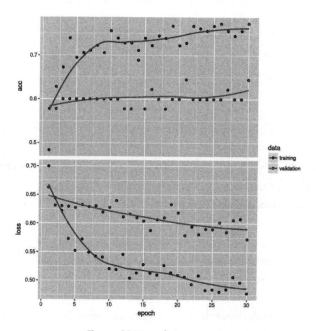

Figura 85: Acurácia e perda

Note que o casamento não está perfeito. Isto pode ser devido aos problemas que eu já afirmei que existem com esta amostra, ou até mesmo ao próprio tamanho da amostra. Se aumentarmos as camadas ou a quantidade de neurônios, talvez melhore o desempenho.

Então, resta avaliar o modelo. Vou preparar os dados de teste:

```
rotulos_teste     <-    to_categorical(data.matrix(select(test_df,c('abandonou'))))
head(rotulos_teste)
preditores_teste <- data.matrix(select(test_df, c('periodo','bolsa','repetiu','ematraso','disciplinas','faltas','desempenho')))
```

E rodar a avaliação:

```
modelo %>% evaluate(preditores_teste, rotulos_teste)

$loss
0.714963535467784
$acc
0.653333331743876
```

Temos 65% de acurácia. Definitivamente, precisamos melhorar este modelo.

Este exemplo precisa ser melhorado, como eu já disse. Mas dá para explicar como funciona a API Keras. Eu sugeriria testar com outros dados, mais limpos, ou então aumentar a quantidade de camadas e/ou o número de neurônios em cada uma.

Aliás, é um bom exercício para você: Por que não tenta utilizar algumas das técnicas que vimos, para tentar melhorar o modelo?

- Existem variáveis independentes categóricas, como "ematraso", por que não experimenta transformar em duas (one-hot-encoding)?

- Os dados numéricos estão na mesma escala? Adianta mudar a escala?

- Adianta mudar a função de ativação? Usamos ReLu, mas existem outras: softmax, sigmoid…

- E se mudarmos o algoritmo de otimização ao compilar o modelo? Usamos rmsprop, mas temos outros:

    - optimizer_adagrad(): https://www.rdocumentation.org/packages/keras/versions/2.1.3/topics/optimizer_adagrad;

    - optimizer_adam(): https://www.rdocumentation.org/packages/keras/versions/2.1.3/topics/optimizer_adam;

Como eu disse, há alguns problemas com esta amostra, mas já conseguimos alcançar 65% de acurácia (melhor que com SVM e regressão logística). Será que com um pouco de configuração conseguiremos mais? E se retiramos alguns estimadores, que não contribuíram muito? Por que não tenta fazer como fizemos no capítulo sobre regressão logística? Deixe só: "repetiu" e "desempenho".

O trabalho de Data Science é investigativo, logo, não devemos aceitar o primeiro resultado que geramos.

CAPÍTULO 15

Processamento de linguagem natural

Uma das vertentes de Data Science que está crescendo muito é o NLP – Natural Language Processing, ou processamento de linguagem natural.

Segundo a Wikipedia:

> Processamento de linguagem natural (PLN) é uma subárea da ciência da computação, inteligência artificial e da linguística que estuda os problemas da geração e compreensão automática de línguas humanas naturais. Sistemas de geração de linguagem natural convertem informação de bancos de dados de computadores em linguagem compreensível ao ser humano e sistemas de compreensão de linguagem natural convertem ocorrências de linguagem humana em representações mais formais, mais facilmente manipuláveis por programas de computador. Alguns desafios do PLN são compreensão de linguagem natural, fazer com que computadores extraiam sentido de linguagem humana ou natural e geração de linguagem natural.

O NLP é utilizado em vários produtos e serviços comerciais, hoje em dia, como o Watson, da IBM, ou os serviços Lex e Polly da Amazon.

Temos processamento de textos e fala, incluindo compreensão, análise de sentimentos e expressão oral e escrita.

Eu não pretendo mostrar todos estes processos aqui, mas é possível vermos algo de NLP que poderá lhe ajudar muito em seus trabalhos com data Science: Word Clouds e Análise de sentimentos.

15.1 Formato Tidy

Hadley Wickham descreveu o formato Tidy em 2014 (https://blog.rstudio.com/2014/07/22/introducing-tidyr/) que serve para estruturarmos o texto:

- Cada coluna é uma variável;
- Cada linha é uma observação;

No formato Tidy, trabalhamos com **tokens**. Um **token** é uma unidade significativa de texto, que utilizamos para analisar. Pode ser uma palavra, mas tem que ser significativa.

Dividir um texto em tokens (tokenização) é a primeira etapa de qualquer atividade de NLP.

Eis um texto em formato Tidy:

```
line    text
1       Minha terra tem palmeiras
2       onde canta o sabiá;
3       As aves que aqui gorjeiam,
4       não gorjeiam como lá.
5       Nosso céu tem mais estrelas,
6       Nossas várzeas têm mais flores,
...
```

Se nos interessar processar sentenças, então este formato está ótimo. Mas, se quisermos processar palavras, então precisamos quebrar o texto em tokens de palavras:

```
line    word
1       minha
1       terra
1       tem
1       palmeiras
2       onde
```

```
2       canta
2       o
2       sabiá
...
```

Este texto é da "Canção do Exílio", de Gonçalves Dias (1823, 1864).

15.2 Contagem de palavras / Tagcloud

Atenção: → Notebook "tidy".

Vou demonstrar as ferramentas de NLP da linguagem R, especialmente o pacote "tidytext", voltado para processamento de textos. E, para fazer isto, vou pegar a "Canção do Exílio" e gerar um "Tag Cloud" com ela, dando destaque às palavras que mais se repetem.

Para começar, vamos criar um vetor contendo cada linha do poema de Gonçalves Dias:

```
texto <- c('Minha terra tem palmeiras',
           'onde canta o sabiá;',
           'As aves que aqui gorjeiam,',
           'não gorjeiam como lá.',
           'Nosso céu tem mais estrelas,',
           'Nossas várzeas têm mais flores,',
           'Nossos bosques têm mais vida,',
           'Nossa vida mais amores.',
           'Em cismar - sozinho - à noite - ',
           'Mais prazer encontro eu lá;',
           'Minha terra tem palmeiras,',
           'Onde canta o Sabiá.',
           'Minha terra tem primores,',
           'Que tais não encontro eu cá;',
           'Em cismar - sozinho - à noite -',
           'Mais prazer encontro eu lá;',
           'Minha terra tem palmeiras,',
```

```
'Onde canta o Sabiá.',
'Não permita Deus que eu morra,',
'Sem que eu volte para lá;',
'Sem que eu desfrute os primores',
'Que não encontro por cá;',
'Sem que ainda aviste as palmeiras,',
'Onde canta o Sabiá.'
)
```

Para trabalhar com textos, precisamos separar em duas colunas: número da linha e texto da linha.

```
df_texto <- data_frame(line = 1:length(texto), text = texto)
```

O uso dos nomes de campos em inglês é proposital, porque muitos argumentos de funções de NLP esperam nomes como: "line", "text" e "word". O resultado é este:

```
line    text
1       Minha terra tem palmeiras
2       onde canta o sabiá;
3       As aves que aqui gorjeiam,
4       não gorjeiam como lá.
5       Nosso céu tem mais estrelas,
6       Nossas várzeas têm mais flores,
...
```

Como vou trabalhar com palavras, preciso *tokenizar* o arquivo, mantendo a correspondência com o número da linha, para futura referência. O pacote "tidytext" tem a função "unnest_tokens()", que serve exatamente para isto:

```
df_texto %>% unnest_tokens(word,text)
```

Estou "quebrando" o campo "text" em vários campos "word", e o resultado é este:

CAPÍTULO 15 Processamento de linguagem natural • 235

```
line    word
1       minha
1       terra
1       tem
1       palmeiras
2       onde
2       canta
2       o
2       sabiá
3       as
3       aves
3       que
...
```

Note que existem palavras sem significado, como: artigos, preposições, conjunções etc. Estas palavras são chamadas de "stopwords". Podemos removê-las do nosso texto, e, para isto, precisamos de um arquivo contendo quais palavras são consideradas "stopwords". Na verdade, precisamos de um arquivo destes para cada idioma que desejamos trabalhar. Eu busquei um arquivo e fui aprimorando, e ele está no repositório ("portuguese_stopwords.txt"). Seu conteúdo é algo assim:

```
a
acerca
adeus
agora
ainda
alem
...
```

Como eu vou remover essas palavras do texto? A biblioteca "dplyr" tem a função "anti_join()" que faz exatamente isso: Remove tudo o que estiver em um arquivo de "stopwords". Primeiro, eu carrego o arquivo e depois uso a função:

```
library(readr)
stopwords <- read_csv('portuguese-stopwords.txt', col_names = 
'word')
filtrado <- df_texto %>%
            unnest_tokens(word,text) %>%
            anti_join(stopwords,by='word')
```

O argumento "by" informa qual é o campo (do dataframe original) que contém a "chave" para o anti_join. Ele vai retornar apenas as linhas cujo campo "word" não esteja contido no arquivo "portuguese-stopwords.txt". Podemos notar a diferença:

```
line    word
1       terra
1       palmeiras
2       canta
2       sabiá
3       aves
...
```

Agora fica mais fácil processar o texto. O que precisamos fazer? Para criar um Tag Cloud, precisamos listar as palavras e contar quantas vezes elas aparecem. As palavras que aparecem mais vezes, nós usamos uma tipografia maior. Isto pode ser feito com as funções do "dplyr":

```
words <- filtrado %>%
    group_by(word) %>%
    summarise(freq = n()) %>%
    arrange(desc(freq))
words <- as.data.frame(words)

rownames(words) <- words$word
head(words)
```

	word	freq
canta	canta	4
encontro	encontro	4

```
palmeiras    palmeiras    4
sabiá        sabiá        4
terra        terra        4
cismar cismar 2
...
```

A função "groupBy()" agrupa as palavras, a função "summarise()" conta as ocorrências, gerando o campo "freq" (frequência). E a função "arrange()" classifica (em ordem descendente – argumento "desc") por frequência. Então, temos um data frame com cada palavra e a quantidade de vezes em que ela aparece.

Plotar um Tag Cloud em R é muito simples. Podemos usar o pacote "word cloud" para isto:

```
options(warn=-1)
wordcloud(words$word,words$freq,scale=c(5,.01),
    min.freq = 1,max.words=Inf,colors=brewer.pal(8,"Dark2"))
options(warn=0)
```

Passamos os dois campos (a palavra e a frequência), escolhemos os tamanhos da escala, no argumento "scale". Passamos um vetor com o intervalo de valores (maior e menor) para os tamanhos proporcionais das letras. O argumento "min. freq" indica a frequência mínima para que uma palavra apareça no Tag Cloud. Finalmente, o argumento "colors" indica as cores a serem utilizadas para as palavras. A função "brewer.pal()" retorna uma palheta de cores, com o primeiro argumento representando o número de cores e o segundo, o nome da palheta. Existem várias. Veja no site:

http://www.sthda.com/sthda/RDoc/images/rcolorbrewer.png

O resultado está na próxima figura:

Figura 86: Tag Cloud da "Canção do Exílio"

15.3 Um exemplo com feeds

No repositório há um notebook chamado "News Cloud" no qual eu faço Tag Cloud com as notícias, formando uma nuvem das palavras mais faladas no momento. É muito parecido com o exemplo anterior, só que eu instalei o pacote "tidyRSS", que permite baixar notícias de RSS de qualquer provedor:

```
library(tidyRSS)

feed <- tidyfeed("http://feed1")
feed2 <- tidyfeed("http://feed2")
#feed3 <- tidyfeed("https://<feed3")
#feed4 <- tidyfeed("https://<feed4>")
```

CAPÍTULO 15 Processamento de linguagem natural • 239

Figura 87: TagCloud de feeds RSS

Você pode escolher os seus provedores favoritos de RSS, e depois verá uma bela Tag Cloud das notícias do momento, como esta:

15.4 Análise de sentimentos

Calma! Não é nenhum romance ou dramalhão de pseudojornalismo! Os textos podem carregar sentimentos, positivos, quando a pessoa está elogiando, negativos, quando está reclamando ou neutros. E podemos avaliar os sentimentos através dos pesos das palavras. Por exemplo, qual seria o sentimento dos textos abaixo?

1. "A empresa XPTO é uma **porcaria**! Sempre entrega **atrasada** e não adianta **reclamar!**";

2. "Gostei muito do filme AS TRANÇAS DO REI CARECA";

3. "Bitcoin é uma criptomoeda".

Marquei as palavras mais "pesadas" em negrito. No primeiro texto, as palavras "pesadas" são mais negativas, logo, o somatório do texto é negativo. No segundo, é positivo, e no terceiro, neutro.

Análise de sentimentos é um dos segmentos de NLP (Natural Language Processing), e tem um grande apelo. Podemos interpretar o sentimento dos textos e, consequentemente, o sentimento de quem os escreveu. Há vários usos para isto, como: CRM, por exemplo.

Para analisar o sentimento das palavras, precisamos de um dicionário léxico que indique o seu peso.

Este Demo usa um arquivo léxico do OpLexicon, da PUCRS:

Souza, M.; Vieira, R. Sentiment Analysis on Twitter Data for Portuguese Language. 10th International Conference Computational Processing of the Portuguese Language, 2012. [pdf] [bib]

Souza, M.; Vieira, R.; Busetti, D.; Chishman, R. e Alves, I. M. Construction of a Portuguese Opinion Lexicon from multiple resources. 8th Brazilian Symposium in Information and Human Language Technology, 2011. [pdf] [bib] (http://ontolp.inf.pucrs.br/Recursos/downloads-OpLexicon.php)

Atenção: Notebook → **Análise_Sentimento_Feed.ipynb**

Funcionamento

Primeiro, carregamos o arquivo com o dicionário léxico OpLexicon:

```
oplexicon <- read_csv('oplexicon_v3.0/lexico_v3.0.txt', col_
names = c('word', 'type', 'weight', 'other'), col_types =
                cols(
                    word = col_character(),
                    type = col_character(),
                    weight = col_integer(),
                    other = col_character()
```

```
                        ))
head(oplexicon)
```

Em segundo lugar, eu carrego um arquivo de "stopwords" em Português, pois não quero analisar sentimento de artigos e preposições, por exemplo:

```
stopwords <- read_csv('portuguese-stopwords.txt', col_names = 'word')
```

Depois, eu transformo o arquivo de feed em formato **Tidy**. E executo um "anti-join" com o arquivo de **stopwords**, para remover as conjunções, preposições, artigos etc:

```
rss_t <- feed %>%

  unnest_tokens(word,item_title) %>%

  anti_join(stopwords,by="word")
```

Finalmente, é uma questão de fazer um "inner join" com o arquivo léxico e somar o peso dos sentimentos, agrupando por link de notícia:

```
sentimentoFeed <- rss_t %>%

  inner_join(oplexicon) %>%

  group_by(item_link) %>%

  summarize(peso = sum(weight, na.rm = TRUE))

print(sentimentoFeed)
```

O sentimento pode ser positivo (> 0), negativo (< 0) ou neutro (= 0).

15.5 Sentimentos de tweets

Podemos captar Tweets utilizando a API do Twitter e analisar os sentimentos dos posts! Podemos até escolher o hashtag que queremos analisar. Por exemplo, abra o notebook: `SentimentTweets.ipynb`

Você precisa instalar o pacote "twitteR":

```
install.packages("twitteR",repos='http://cran.us.r-project.org')
```

Cadastre-se na API do Twitter para obter suas chaves de acesso: https://apps.twitter.com

Informe suas chaves nos parâmetros corretos:

```
# parameters:  api_key,api_secret,access_token,access_token_secret
setup_twitter_oauth('1', '2',
                    '3',
                    '4')
```

Os parâmetros devem ser informados na ordem exata acima (e não deixe postado em site algum!) Se você se cadastrar no link da API do Twitter, receberá os parâmetros corretos.

Depois, é só baixar os Tweets que desejar:

```
tweets_falcon <- searchTwitter('#falconheavy', n=3000, lang='pt')
```

CAPÍTULO 16

Big Data

Vamos mostrar uma introdução ao Big Data. Até porque este assunto sozinho é tema para um livro, e um livro bem grande. Mas você verá como criar um script de agregação com R e *Spark*, de forma rápida e simples.

Este é um assunto "quente", porém pouco compreendido. Alguns pensam em Big Data como sendo um tipo de "Data Warehouse", outros, pensam como um tipo de banco de dados bem grande, e ainda alguns pensam como mais uma biblioteca de Machine Learning. Desculpem-me, mas todos estão enganados.

A minha definição de Big Data é:

Um padrão de processamento, voltado para grandes volumes de dados, de fontes e formatos variados, com o objetivo de coletar informações em tempo real de eventos em progresso.

Há outras definições de Big data, como a da Wikipedia:

Em tecnologia da informação, o termo Big Data refere-se a um grande conjunto de dados armazenados. Diz-se que o Big Data se baseia em 5 V's : velocidade, volume, variedade, veracidade e valor. (https://pt.wikipedia.org/wiki/Big_data)

E eu gostaria de acrescentar a visão de Martin Fowler, um dos cientistas que mais respeito atualmente:

"Big Data" has leapt rapidly into one of the most hyped terms in our industry, yet the hype should not blind people to the fact that this is a genuinely important shift about the role of data in the world. The amount, speed, and value of data sources is rapidly increasing. Data management has to change in five broad areas: extraction of data

from a wider range of sources, changes to the logistics of data management with new database and integration approaches, the use of agile principles in running analytics projects, an emphasis on techniques for data interpretation to separate signal from noise, and the importance of well-designed visualization to make that signal more comprehensible. Summing up this means we don't need big analytics projects, instead we want the new data thinking to permeate our regular work.

(https://martinfowler.com/articles/bigData/)

("Big Data saltou rapidamente para um dos termos mais "hype" da nossa indústria, ainda assim, a "hype" não deveria cegar as pessoas quanto ao fato de que é uma mudança importante e genuína do papel dos dados no mundo. A quantidade, velocidade e valor das fontes de dados estão aumentando rapidamente. A gestão de dados deve mudar em cinco grandes áreas: Extração dos dados de uma grande variedade de fontes, mudanças na logística da gestão de dados com novos bancos de dados e abordagens de integração, o uso de princípios ágeis em processos analíticos, ênfase em técnicas de interpretação de dados, para separar sinal de ruído, e na importância de uma bem projetada visualização, para tornar o sinal mais compreensível. Resumindo, isto significa que não necessitamos de grandes projetos analíticos, ao contrário, queremos que os novos pensamentos sobre dados permeiem nosso trabalho regular").

16.1 Caso de uso

Vamos começar a entender Big Data através do seu primo-irmão: Data Analytics ou Business Intelligence.

Imagine que você seja o gestor de uma empresa de comércio. Uma das coisas que precisa ter são os relatórios sintéticos, que sumarizem de forma eficiente as vendas dos seus produtos, certo? Pois bem, você solicita ao pessoal de TI e eles criam um sistema com uma consulta para isto.

Então, algum tempo depois, pedem que seja criada uma sumarização por região, em vez de filial. Depois de um orçamento, e de esperar de 3 a 6 meses, eles entregam uma versão de teste. Você pede uma sumarização por fornecedor, e então o ciclo se repete.

Para evitar estes problemas, você pode usar uma arquitetura de BI (Business Intelligence), com a criação de um Data warehouse, composto por bancos de dados modelados dimensionalmente, para que você transforme consultas sintéticas em analíticas ou possa transpor as grandes dimensões, criando relatórios sem ter que pedir para o pessoal de TI.

Para que seu Data Warehouse funcione, é necessário um processo de ETL – Extract, Transform and Load, que extrai os dados de seus bancos originais, formata de acordo com a modelagem do Data Warehouse e os carrega no ambiente analítico. Este processo pode ser executado periodicamente, mantendo sua base atualizada para consultas sobre as operações efetuadas. Assim, com base no que aconteceu, você pode planejar e fazer predições de vendas.

Vamos resumir:

- **Volume**: Você coletou dados dos seus próprios bancos, com um volume de ordem de grandeza, digamos, de alguns gigabytes;

- **Velocidade**: Estes dados representam as transações passadas, ocorridas e finalizadas até o momento da extração, tipicamente, as do dia anterior;

- **Variedade**: Estes dados são provenientes apenas dos seus próprios bancos de dados. Portanto, possuem formato e contexto próprio dos seus sistemas aplicativos;

- **Veracidade**: Os dados vieram dos seus próprios bancos de dados, logo, se sua empresa não for uma "bagunça", você confia em sua veracidade;

- **Valor**: É claro que estes dados representam grande valor para o seu negócio, pois são suas próprias transações.

Resumimos os famosos cinco "v" do Big Data.

Agora vamos pensar um pouco... Se você consegue fazer isto com os dados de vendas passadas, não seria possível usar os dados atuais? Por exemplo, consultas no Website? O que eu poderia fazer, se tivesse acesso ao que o usuário está buscando nesse momento? E se conseguisse ver o que os outros estão falando no Twitter, por exemplo? Ou na mídia? Se eu juntasse isso tudo, conseguiria criar algo como promoção relâmpago?

Agora sim, estamos entrando na área de Big Data.

Vamos supor que desejemos usar as buscas no nosso site, conjugadas com os "top trends" do Twitter e as menções na mídia, para criar ofertas relâmpago. Podemos criar uma arquitetura de Big data, e usar um processo de ELT – Extract, Load and Transform (note a sutil diferença para ETL), de modo a carregar os dados que necessitamos, de fontes diversas (nossos logs do website, nossos bancos de dados, Tweets e RSS) em um repositório especial (também conhecido como "Data Lake" ou "lago de dados"), de onde podemos executar processos de transformação ou agregação, para tirarmos a informação que desejamos, ou seja, quais seriam as promoções relâmpago mais efetivas naquele momento.

Resumindo:

- **Volume**: Coletaremos um grande volume de dados, provavelmente na casa dos Terabytes;

- **Velocidade**: São dados bastante atuais, muito próximos do "tempo real";

- **Variedade**: Possuem origens e formatos distintos, são desestruturados (tweets) ou possuem estrutura diferente (logs);

- **Veracidade**: Os dados representam um determinado instante no tempo, que certamente mudará rapidamente. Eles representam a verdade instantânea, e, como são muito variados, precisamos nos certificar de coletar os dados com bastante acurácia;

- **Valor**: Os dados apresentam valor decrescente com o tempo. Quanto mais atuais, maior o seu valor. E, quanto mais diversos, maior o valor referencial para nós e para nossa concorrência.

Comparando este resumo com o anterior, temos a principal diferença de um processo de Big Data para um processo de BI, e mais: explicamos os conceitos na prática.

16.2 Ambiente de Big Data

Temos dados variados, em tempo real e em grande volume. Processá-los é uma tarefa pesada. Não podemos simplesmente convertê-los para um formato compatível e inseri-los em um banco de dados. Até terminarmos de fazer isto, já perderam grande parte de seu valor.

Guardar dados usados em análises de Big Data é como guardar papel higiênico usado (desculpem a comparação escatológica): Representam algo que já passou! Desperdiçar terabytes preciosos com isto é impedir que possamos repetir nossas análises.

Precisamos de um sistema de arquivos eficiente e distribuído, pois teremos um grande volume de dados a analisar e temos que minimizar a latência de sua transferência. Também precisamos de uma enorme capacidade instantânea de processamento, algo que possamos alocar e desalocar rapidamente.

16.3 Hadoop

O Hadoop (http://hadoop.apache.org) foi um dos primeiros softwares voltados para processamento de Big Data, implementando o algoritmo "map / reduce", criado por Jeffrey Dean e Sanjay Ghemawat, ambos da Google.

O algoritmo de Map/Reduce foi pensado para ser utilizado em clusters de computadores, logo, é um algoritmo para processamento distribuído. Podemos resumir o Map/Reduce assim:

1. Os dados são distribuídos em vários pedaços;
2. Um nó de processamento começa a processar seu pedaço dos dados;
3. A função "map", rodando em um dos nós, associa cada valor a uma "chave";
4. Os dados associados a uma mesma "chave" são distribuídos a um mesmo nó;
5. Cada nó processa a função "reduce" de acordo com a chave, gerando agregações.

A ilustração a seguir exemplifica o processo de gerar uma lista de "trend topics" a partir dos tweets mais recentes:

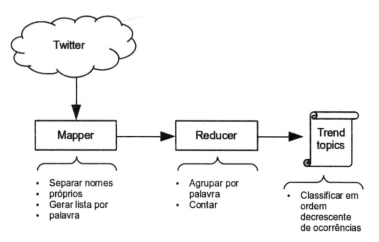

Figura 88: Map/Reduce de tweets

Fazemos um processo de ELT (Extract Load and Transform, diferente de ETL) para extrair tweets mais recentes, depois, criamos uma função "mapper" que separa os nomes próprios das outras palavras, afinal, queremos os "trend topics" e não uma lista de palavras mais populares. Então, uma lista com cada palavra é criada.

O reducer lerá a lista e agrupará por palavra. Finalmente, classificamos em ordem decrescente de contagem e pronto: Uma lista com *trend topics* usando Big Data.

O Hadoop é composto por três serviços: HDFS e YARN e Hadoop Mapreduce. O HDFS é um sistema de arquivos distribuído com redundância, criado especificamente para alto desempenho em máquinas baratas. E o YARN é um gerenciador de tarefas distribuídas, capaz de trabalhar com federações de clusters de máquinas de baixo custo. Finalmente, temos o framework Hadoop Mapreduce, que funciona em conjunto com o HDFS e o YARN, para processar jobs usando esta tecnologia.

Podemos programar clientes de MapReduce para o Hadoop usando Java, embora o Hadoop possua interface para outras linguagens, como R e Python.

16.4 Spark

O Spark (https://spark.apache.org/) é um framework de computação de Big Data em cluster, mais moderno e mais veloz que o Hadoop. O Spark tem API para as seguintes linguagens de programação:

- Scala;
- Java;
- Python;
- R.

O Spark pode ser utilizado com softwares de gestão de clusters, como o Apache YARN, ou o Apache MESOS, ou pode ser executado sozinho, pois já possui um sistema de cluster próprio.

Ele pode ser utilizado sobre instalação de Hadoop / YARN de maneira simples e rápida.

16.5 Index / Search engines

Finalmente, outro ambiente típico de Big Data pode ser implementado em uma arquitetura de Index / Search engines baseada em Apache Lucene (https://lucene.apache.org/), como o ElasticSearch (http://www.elastic.co/products/elasticsearch) ou o Apache SolR (http://lucene.apache.org/solr/).

Eles funcionam de maneira diferente dos softwares de Big Data, criando índices para os dados, com os quais podemos trabalhar e analisar muito rapidamente os eventos. São a base de sistemas CEP – Complex Event Processing, que analisam correntes de dados identificando eventos.

16.6 Acessórios

Para o trabalho de ELT (Extract, Load, and Transform) e para manipulação de dados, existem diversas ferramentas acessórias que você deve ouvir falar, quando o assunto for Big Data: Hive, LogStash, Apache Flume e outros. Vamos ver um breve resumo do que são esses acessórios e o que fazem:

- Apache **Hive**: Facilita a consulta de grandes volumes de dados, tratando-os como se fossem tabelas de bancos de dados. Permite usar uma linguagem SQL-Like para manipular grandes volumes de dados e até executar jobs de MapReduce;

- Apache **Flume**: É um utilitário para coletar e transferir grandes volumes de dados de / para HDFS ou vários outros tipos de armazenamento, incluindo bancos de dados;

- **LogStash**: Pode transferir dados de uma grande variedade de fontes para outra grande variedade de destinos, como: HDFS, ElasticSearch e muitos outros.

16.7 Experiências práticas

Tive várias experiências com Big Data, e algumas eu tenho liberdade de comentar e escrever, pois são públicas. Vou relatar aqui dois casos de uso práticos: Um baseado em ferramenta distribuída própria (Servkeeper: https://github.com/cleuton/servkeeper) e outra utilizando o Hadoop em um cluster Elastic MapReduce, da Amazon.

16.8 DCEP de saúde

Um CEP é um sistema de processamento de eventos, que analisa correntes de dados buscando padrões que indicam a ocorrência de eventos. Um DCEP é um sistema CEP distribuído.

Há algum tempo eu desenvolvi um sistema para detecção de zoonoses, como: Dengue, Zika e Chikungunya. A ideia era criar um sistema de detecção de eventos destas doenças, com geolocalização, permitindo maior eficiência nas medidas de profilaxia destas doenças tão impactantes.

Este sistema precisaria ser executado em qualquer tipo de plataforma, e ser capaz de escalar de maneira transparente, para aguentar um grande fluxo de dados.

Ele deveria combinar sintomas simples, como: Dor de cabeça, diarreia, equimoses etc., para apontar a probabilidade de ocorrência de casos por região da cidade. Isto ajudaria a direcionar os esforços de profilaxia, como: Fumacês e inspeções de saúde nestas regiões, além de aumentar a disponibilidade de material para exames, de pessoal e de medicamentos.

Optou-se por não utilizar um software específico, como o Hadoop, por causa da baixa disponibilidade de equipamentos, então um software específico de gestão de serviços distribuído foi criado com este propósito: O Servkeeper, baseado em Docker, Apache Zookeeper e Jenkins.

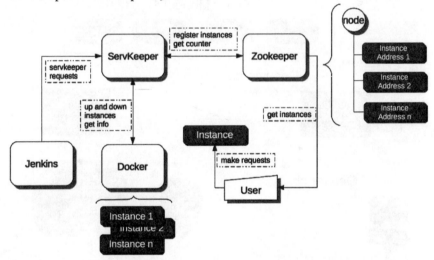

Figura 89: Arquitetura do Servkeeper

O Servkeeper é mais que um agendador de jobs, sendo um curador de instâncias de microsserviços, construídos a partir do repositório (entrega contínua) e monitorados constantemente, sendo capaz de promover escalabilidade elástica em ambientes de baixo custo.

O DCEP em si é baseado em microsserviços e pode ser baixado diretamente do Github: https://github.com/cleuton/DCEPsaude/tree/master/saude/src/main/java/org/conserpro2015/saude. Foi desenvolvido em Java usando REST e Dropwizard, para economizar os recursos gastos em Servidor de Aplicação Java.

O Sistema usa o MongoDB para agregar dados e executar jobs de MapReduce para obter informações em tempo real sobre os sintomas da doença.

A ilustração seguinte mostra o funcionamento do DCEP:

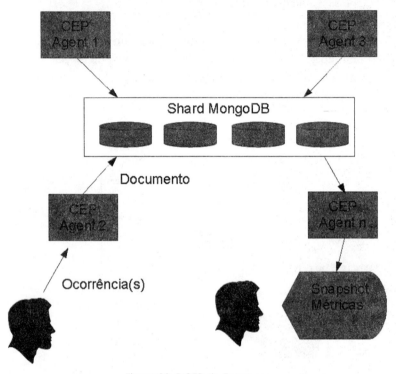

Figura 90: DCEP de Zoonoses

Várias instâncias são executadas em paralelo, e o componente Zookeeper, do Servkeeper, distribui a carga de trabalho entre elas. Existem rotas REST para informar sintomas e para consultar relatórios e gráficos de ocorrências de sintomas.

Os médicos poderiam utilizar um cliente Mobile para informar os sintomas e qualquer um poderia consultar os gráficos via web.

A seguir, vemos um gráfico do DCEP, mostrando a agregação de sintomas de todas as regiões:

CAPÍTULO 16 Big Data • 253

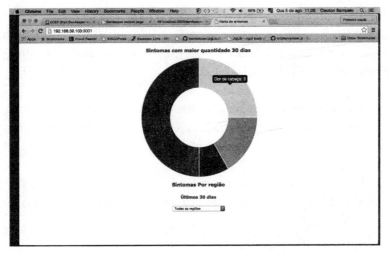

Figura 91: Exemplo de consulta do DCEP

O sistema foi testado com milhares de transações simultâneas, escalando corretamente e fornecendo os resultados mesmo sobre grande pressão.

Este projeto ganhou um prêmio no Congresso Serpro de Tecnologia e Gestão (Conserpro) em 2015.

Como pode ver, Big Data não é sinônimo apenas de Hadoop, como muita gente pensa, mas de um padrão de processamento, para o qual, podemos utilizar várias ferramentas diferentes.

16.9 Análise de sentimentos de Tweets

Em 2015, aconteceu o aniversário de 450 anos da fundação do Rio de Janeiro. Havia um clima de grande agitação política e insatisfação social, e eu queria saber como isso afetava o sentimento das pessoas quanto ao aniversário da Cidade. Na verdade, era um estudo interessante, que poderia gerar *"insights"* sobre comercialização de produtos com esta marca.

Escolhi o Twitter como minha fonte de dados. As pessoas criam Tweets com vários assuntos, e, como não poderia deixar de acontecer, estavam falando sobre o aniversário de 450 anos da Cidade. Eu queria saber como elas estavam se sentido, se este assunto provocaria mais respostas positivas, negativas ou neutras.

Bem, eu tinha alguns problemas a resolver... Para começar, eu precisava coletar os Tweets relevantes, ou seja, aqueles que contivessem "rio" e "450". Esse problema foi simples de resolver, pois utilizei o projeto Hosebird Client (https://github.com/twitter/hbc) que já faz isto por mim.

Agora, restou um problema: Como avaliar o sentimento dos tweets? Uma das maneiras seria criar uma RNN, como já vimos, e fazer uma análise NLP (Natural Language Processing). Porém, isto complicaria muito o trabalho.

Procurando bastante, encontrei um recurso interessante: SentiWordNet, uma tabela para cálculo de sentimentos, com base em palavras em inglês. Isso resolvia o problema.

Restou um terceiro problema: Os tweets que me interessavam eram em Português... E agora? Bem, resolvi usar a Google Translate API, um serviço de tradução da Google que pode ser utilizado em Batch. Então, criei um projeto para obter o tweet e traduzir para inglês: TwitterParser (https://github.com/cleuton/bigdatasample/tree/master/twitterparser).

Resolvidos os problemas, agora é uma questão de criar um mapper que leia os tweets traduzidos e calcule o sentimento do texto. Esta classe pode ser vista em TokenizerMapper (https://github.com/cleuton/bigdatasample/blob/master/sentimentanalysis/src/main/java/com/obomprogramador/bigdata/sentiment/sentimentanalysis/TokenizerMapper.java)

E uma classe para reduzir os dados, agrupando por sentimento: IntSumReducer (https://github.com/cleuton/bigdatasample/blob/master/sentimentanalysis/src/main/java/com/obomprogramador/bigdata/sentiment/sentimentanalysis/IntSumReducer.java)

E, finalmente, uma classe para o Job MapReduce inteiro: Sentiment (https://github.com/cleuton/bigdatasample/blob/master/sentimentanalysis/src/main/java/com/obomprogramador/bigdata/sentiment/sentimentanalysis/Sentiment.java)

Criei um Jar com essas classes e usei o serviço Elastic MapReduce, do AWS, para processar o job. Devido às várias vezes que executei, acabei gastando um pouco mais do que esperava (cerca de US$ 35,00), mas consegui o resultado:

- VERY_POSITIVE 1.870
- VERY_NEGATIVE 545
- NEUTRAL 3.650
- POSITIVE 630
- NEGATIVE 320

Se você quiser mais detalhes, há um post completo do meu Blog, O Bom Programador, sobre o assunto: http://www.obomprogramador.com/2015/03/tutorial-de-big-data-analise-de.html

16.10 Usando o Spark para monitorar a qualidade do ar

Muito bem, agora chegou o momento de usarmos uma ferramenta de Big Data e realizar uma análise. E vamos usar o Spark com a linguagem R!

Vamos ver como usar o Spark para criar jobs de análise de Big Data de maneira simples e prática. Você terá que instalar o Spark, mas isto não é trabalho algum. Para evitar custos, vamos executar localmente, em sua máquina, com um conjunto reduzido de dados. Mas o processo para executar em nuvem é bem simples.

Antes de começar, tenho que dar uma notícia um pouco ruim: Você precisará sair do "mundinho" do Jupyter Notebook e instalar algumas coisas em sua máquina. Embora seja possível executar código R com Spark em nuvem, o que dispensaria este processo de instalação, haveria um custo. Então, optei por instalar tudo localmente.

Instalação do R e do RStudio

Para usar R você tem que instalar duas coisas:

- A linguagem R;
- O editor Rstudio.
- A forma de instalar é simples e vamos ver por sistema operacional:

- **Windows:**
  - Baixe o R de http://cran.us.r-project.org/, clicando em Download R for
  - Windows. Instale o R com as opções padrão;
  - Baixe o Rstudio de http://rstudio.org/download/desktop e instale;

- **MacOS**:
  - Baixe o R de http://cran.us.r-project.org/, clicando em Download R for (Mac)
  - OS X. Instale o R com as opções padrão;

- **Ubuntu**:
  - Abra um terminal e execute: sudo apt-get install r-base;
  - Baixe o pacote do Rstudio e instale: https://download1.rstudio.org/rstudio-xenial-1.1.383-amd64.deb;

Se você usa Ubuntu ou MacOS, pode ser necessário instalar a libxml2-dev:
- Ubuntu: sudo apt-get install libxml2-dev;
- MacOS: brew install libxml2.

Vamos analisar a IDE Rstudio, para você entender como funciona:

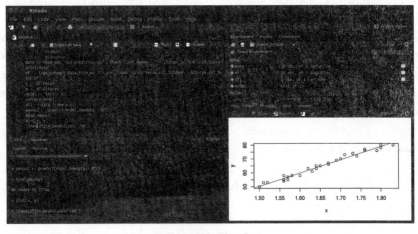

Figura 92: RStudio

Temos 4 áreas distintas:

- **Editor**: Janela no canto superior esquerdo. É onde o código-fonte do seu script R é editado. Aqui, você cria e executa programas R;

- **Console**: Janela no canto inferior esquerdo. Aqui você tem acesso diretamente ao interpretador R e pode instalar pacotes e executar comandos imediatos;

- **Environment**: Janela no canto superior direito. Nela, entre outras abas, você verá o seu ambiente, ou seja, as variáveis que você criou na memória, incluindo seus conteúdos;

- **Plots**: Janela no canto inferior direito. Aqui, entre outras abas, você vê os gráficos que mandou plotar em seu código (ou em comandos imediatos na console).

Antes de qualquer coisa, é preciso apontar o diretório da sessão. Nele, o Rstudio gravará e lerá arquivos. Abra o menu "Session" e escolha a opção "Set working directory" apontando para a pasta onde estão os arquivos que você quer acessar. Se forem os deste capítulo, aponte para a pasta onde baixou o repositório e para a subpasta "book-R".

Instalação do Java

O Spark precisa do Java, na versão 8, para ser executado. Instalar Java é fácil:

- Windows: https://java.com/en/download/help/windows_manual_download.xml;
- MacOS: https://java.com/en/download/help/mac_install.xml;
- Ubuntu: https://www.java.com/en/download/help/linux_x64_install.xml.

Instalação do Apache Spark

Para instalar o Apache Spark, visite https://spark.apache.org/downloads.html e baixe um arquivo "tar-gz". Extraia-o para sua máquina local e lembre-se da pasta!

Adicione a pasta "bin" à variável PATH ou execute o programa "spark-submit" a partir dela.

Crie uma variável de ambiente chamada "SPARK_HOME" e aponte para a pasta onde descompactou o Apache Spark.

Se você não sabe como criar ou alterar variáveis de ambiente, procure estes tutoriais:

- Windows: Alterar a variável PATH - https://www.java.com/pt_BR/download/help/path.xml

- Windows: Criar variáveis de ambiente: https://technet.microsoft.com/pt-br/library/cc668471.aspx

- MacOS: Alterar a variável PATH - https://professor-falken.com/pt/mac/como-anadir-una-nueva-ruta-a-la-variable-path-en-tu-mac/

- MacOS: Criar uma nova variável de ambiente: https://marcelobruckner.wordpress.com/2015/04/29/configurando-variavel-de-ambiente-no-mac/

- Ubuntu: Alterar a variável PATH - https://www.vivaolinux.com.br/dica/Adicionar-caminho-ao-PATH-do-Linux

- Ubuntu: criar uma variável de ambiente - https://leonardoafonsoamorim.wordpress.com/2013/01/25/variaveis-de-ambiente-no-linux/

Aproveite e crie um arquivo oculto, na sua pasta "home", com o nome ".Renviron" e coloque as variáveis de ambiente nele. Em alguns casos, o R não consegue acessar as variáveis do sistema e pode precisar delas:

```
SPARK_HOME=/home/cleuton/spark-2.2.0-bin-hadoop2.7
JAVA_HOME=/home/cleuton/oracle-jdk1.8.0_92
```

Vamos executar e entender o script

Atenção → *Script: rspark1.R*

Abra o script "rspark1.R", que está na pasta do repositório (junto com os notebooks, só que sua extensão é: ".R").

Para executar o script, clique no botão "Source", na barra de ferramentas, ou abra o menu "Code" e selecione a opção "Source".

Após executar o script no Rstudio, o resultado será o da figura:

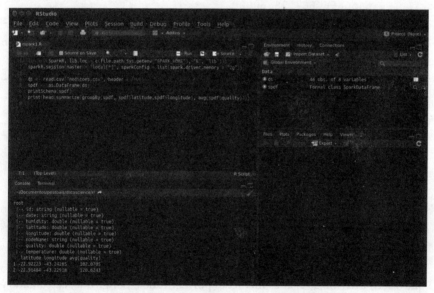

Figura 93: Resultado da execução

Vamos entender o que fizemos...

O dataset que vamos usar vem de observações registradas pelos sensores do projeto Kuaray (http://kuaray.org), que medem a qualidade do ar (presença de GHG na atmosfera).

Os dados são enviados para um banco DynamoDB, no AWS, através do serviço AWS IoT. Uma expressão AWS Lambda capta o envio e registra no Banco.

Vamos usar um pedaço pequeno deste dataset cujo layout é assim:

```
id,date,humidity,latitude,longitude,nodeName,quality,temperature
1cecdfdc-f5c8-4674-a3e3-93655fc6ef29,2017-04-
02T20:17:21.853Z,43.33333333333,-22.9222276,-43.2428463,kuaray
node,113,28.099999745686848
700e3a6c-217c-4d1a-92ab-89e30215ad8b,2017-04-
02T19:49:51.918Z,41.43333,-22.9222276,-43.2428463,kuarayno
de,112.66666666666667,28.60000
9d6a73f8-294f-4163-be5e-fbf4d6089865,2017-08-
07T21:11:06.774Z,52.3000001907,-22.9222276,-43.2428463,kuarayn
ode,82,24.274999618530273
9999110e-0f2f-4e8b-8013-0f36dcf1ad64,2017-04-
02T20:20:21.899Z,44.149999618,-22.9222276,-43.2428463,kuarayno
de,112.75,27.700000762939453
94bb9eb5-4763-45e0-9225-730376119c72,2017-04-
02T19:49:36.908Z,41.56666,-22.9222276,-43.2428463,kuarayno
de,112.33333333333,28.700000
```

Temos a localização de cada sensor: Latitude e Longitude, e os valores, incluindo o de qualidade do ar ("quality"). A qualidade é medida por um sensor de gases MQ135 (https://github.com/cleuton/kuaray).

O que o script fez foi agregar as medições por Latitude e Longitude, calculando a média do campo "qualidade" ("quality").

```
   latitude  longitude  avg(quality)
1  -22.92223 -43.24285    102.0705
2  -22.91484 -43.22918    120.6243
```

Assim, obtive a média de qualidade do ar para cada ponto onde há um sensor instalado.

Na janela do console vemos a estrutura do arquivo de medições e o resultado do processamento do Spark.

Vamos observar o código-fonte do script:

```
library(SparkR, lib.loc = c(file.path(Sys.getenv("SPARK_HOME"),
"R", "lib")))
sparkR.session(master = "local[*]", sparkConfig = list(spark.
driver.memory = "2g"))

ds <- read.csv("medicoes.csv", header = TRUE)
spdf <- as.DataFrame(ds)
printSchema(spdf)
print(head(summarize(groupBy(spdf,
spdf$latitude,spdf$longitude), avg(spdf$quality))))
```

O SparkR converte diretamente datasets R em DataFrames, com ajuste do esquema de dados. O comando "printSchema" mostra isso:

```
|-- id: string (nullable = true)
|-- date: string (nullable = true)
|-- humidity: double (nullable = true)
|-- latitude: double (nullable = true)
|-- longitude: double (nullable = true)
|-- nodeName: string (nullable = true)
|-- quality: double (nullable = true)
|-- temperature: double (nullable = true)
```

O comando "print(head(..." imprime o resultado da agregação que eu executei. Este comando invoca a função "sumarize", que, por sua vez, invoca a "groupBy", agregando os registros por Latitude e Longitude, calculando a média do campo "qualidade".

Vamos por partes... Primeiro, eu pedi para agrupar os dados por latitude e longitude:

```
groupBy(spdf, spdf$latitude,spdf$longitude)
```

Depois, pedi para pegar o resultado deste agrupamento e resumir, calculando a média do campo "quality":

```
summarize(groupBy(spdf, spdf$latitude,spdf$longitude),
avg(spdf$quality))
```

Assim, obtive a média da qualidade do ar para cada sensor instalado (latitude e longitude).

16.11 Resumo

A ideia desde capítulo é dar uma visão geral do que é Big Data e como podemos criar scripts R para este tipo de análise. A API R do Spark é muito grande e você pode estudá-la em detalhes neste site:

https://spark.apache.org/docs/latest/sparkr.html#overview

Anotações

Data Science para Programadores
Um guia completo utilizando a linguagem Python
(Primeira edição, 2018)

Autor: Cleuton Sampaio de Melo Junior
Número de páginas: 256   **Peso:** 371 gramas
Formato: 16 X 23 cm impressão offset pb
Lombada: 1,3 cm
Encadernação: Brochura
Preço: R$ 79,00
ISBN(versão impressa): 978-85-399-0993-3
ISBN(versão e-book): 978-85-399-0997-1
Código de barras: 9788539909933
Assunto: Informática

Um guia para estudantes e profissionais, utilizando a linguagem Python em todo o seu potencial. Você aprenderá os conceitos e fundamentos estatísticos que auxiliarão seu trabalho analítico.

As bibliotecas são apresentadas de maneira prática, focando no que é mais importante para o seu trabalho do dia a dia.

O livro apresenta um ferramental completo para você iniciar neste mercado lucrativo que a Data Science possibilita.

- Veja a estatística de maneira simples e prática, revendo ou aprendendo conceitos importantes, como inferência.
- Aprenda a enxergar através dos dados, estruturados ou não, criando trabalhos de inferência, regressão, classificação e agrupamento.
- Veja como utilizar as mais modernas bibliotecas de Data Science e manipulação de dados em Python, entre elas: NumPy e Scikit-learn.
- Crie sistemas de Deep Learning utilizando o TensorFlow, da Google.
- Aprenda a criar belas apresentações gráficas seguindo o conceito de "storytelling".
- Um guia simples e completo com práticas, ferramentas e exemplos reais.

JavaScript de Cabo a Rabo

Aprenda a desenvolver aplicações usando somente a linguagem JavaScript, em múltiplas plataformas e dispositivos

Autor: Cleuton Sampaio
352 páginas
1ª edição - 2015
Formato: 16 x 23
ISBN: 9788539906581

Durante muitos anos, o JavaScript foi considerado uma "toy language", comparada com outras plataformas de desenvolvimento, como o Java (TM) e o C++, sendo relegada a "enfeitar" páginas web. No início, o próprio "engine" de execução JavaScript era um "add-on" agregado aos navegadores web.

Porém, com o surgimento de novas tendências e novas tecnologias, como Ajax e desenvolvimento móvel, a linguagem JavaScript passou a ter um papel mais relevante no desenvolvimento da camada de apresentação, chegando a dispensar renderização HTML no Servidor.

Dentro desse novo contexto tecnológico, ferramentas e tecnologias como: HTML 5, CSS 3, SPDY, jQuery, jQuery mobile, Angular.js, entre outras, ajudaram a tornar as páginas Web mais dinâmicas e responsivas, algo que destacou mais ainda o papel do JavaScript como linguagem de programação de interfaces.

Hoje, podemos criar aplicações em JavaScript que rodam em múltiplas plataformas, desde o Cliente até o Servidor, incluindo Mobile e dispositivos embarcados (aplicações IoT).
Veja como criar aplicações multiplataforma com uma só linguagem!

- Crie RESTful services com Node.js e Expres;
- Crie aplicações Web modernas, com Angular.js e jQuery;
- Desenvolva apps móveis multiplataformas, usando Apache Cordova e jQuery Mobile;
- Veja como montar dispositivos e criar aplicações IoT (Internet das Coisas), usando Arduino, Raspberry PI e Johnny-five, tudo em JavaScript;
- Uma única linguagem, baseada na plataforma da Web Aberta, para você montar sua "startup".

À venda nas melhores livrarias.

Qualidade de Software na Prática

Como reduzir o custo de manutenção de software com a análise de código

Autor: Cleuton Sampaio
224 páginas
1ª edição - 2014
Formato: 16 x 23
ISBN: 9788539904945

A dívida técnica é resultado de baixa qualidade do código-fonte e sempre cobra juros a cada manutenção, na forma de aumento de prazo e custo. Veja como medir, reduzir e administrar a dívida técnica de projetos de software, pela análise de código.

Neste livro são mostradas técnicas e ferramentas open source que permitirão avaliar e controlar a qualidade de seus projetos de software, entre elas:

- Código autodocumentado;
- Refatoração;
- Princípios de projeto orientado a objetos;
- Métricas comuns de qualidade de software;
- Cobertura de testes;
- Ferramentas: Sonar, PMD, Checkstyle, Findbugs, Cobertura e outras.

À venda nas melhores livrarias.

Impressão e acabamento
Gráfica da Editora Ciência Moderna Ltda.
Tel: (21) 2201-6662